EL MUNDO DE ZAPHIRAH

II

Alba Letycia

EL MUNDO DE ZAPHIRAH

II

EL RESCATE DE LA PRINCESA AMARANTA

Nombre del libro: El Mundo de Zaphirah II. El rescate de la princesa Amaranta
Autor: Alba Letycia
Diseño de portada: Ricardo Pérez/Comunicación Global Design
Edición: Georgina Vega, Issa Alvarado, Diana A. Pérez/Comunicación Global Design
Coedición gráfica: Aziyadé Uriarte/Comunicación Global Design
Ilustraciones: Dibujo de Gilberto Bernal, color de Daniel Cruz

Reg.: En trámite
ISBN: 979-8-9876763-1-8

www.comunicaciongd.com

LIBRO DOS

Este libro está dedicado a todas esas niñas y niños que nunca dejan de imaginar y soñar. Lucha siempre por tu voz interior, la pasión y el amor, por todo lo que te hace feliz.

Muchas gracias por tener ese espíritu literario. El poder de la lectura es inimaginable.

Alba Letycia

AGRADECIMIENTOS

Gracias a...

A Dios por estar ahí siempre conmigo, por todo lo que me ha dado, principalmente esta fe que tengo desde que soy una niña. Quiero dar las gracias a dos personas que fueron muy importantes en la época del inicio de mi primer libro. A Julio, mi esposo, por todo su apoyo, y una de mis mejores amigas Argie M. porque sin dudar desde el primer momento tuvo fe en mí. Muchas gracias por todo.

A mi niño, a mi niña, que son el motor de mi vida y que fueron los primeros en creer en su mamá, dándome la fuerza, valor, sabiduría, coraje, fe en mí misma para seguir adelante con mi sueño. Los amo.

A mi familia, mi bisabuela Lala, mi abuela Cele q.e.p.d., por el legado maravilloso que dejaron en mi alma, mi mamá hermosa, que es toda fortaleza, mi papá, por sus enseñanzas, a mis hermanas, por ser incondicionales siempre conmigo, a mis tías maternas, por ser incondicionales, tíos, primas, primos, sobrinas, sobrinos, amigas, amigos.

A todas mis amigas incondicionales que siempre han estado ahí conmigo. Muchas gracias a todas esas personas que cruzaron en mi camino dándome consejos, lecciones, aprendizajes, motivándome a encontrar la mejor versión de mí misma. Y a todas esas personas que sigo encontrando, todas esas personas que están aportando para el crecimiento de mi carrera como escritora, como ser humano. Las estimo y me siento muy agradecida.

No pueden faltar, por segunda ocasión, muchas gracias a mis editores, ilustradores y todo el equipo de la editorial de autopublicación Comunicación Global Design. A mis mentores, mentoras, siempre apoyándome de tantas formas para seguir e insistir, persistir y nunca rendirse.

Alba Letycia

EL MUNDO DE ZAPHIRAH

Este mundo será contado en seis libros. Zayeminc Baudé es la narradora de toda la historia, Zayeminc es un personaje que inventé porque en el sexto libro se descubrirá la importancia de su personaje. Esta estudiante tiene mucho de mi esencia, la parte de querer ser una escritora, esa forma de lograr conectar con el lector, e irá narrándote esta historia mágica, agregándole su propia personalidad.

El Mundo de Zaphirah nació en un viaje que hice en auto con duración de 20 horas en mayo del 2013. Ese día observé por varias horas los paisajes tan hermosos que nos brinda la naturaleza, y de pronto llegó a mí la idea de una niña de diez años viviendo en la tierra, pero de origen de un mundo llamado Lizandria, donde habitaban criaturas con grandes poderes mágicos y así comenzó este mundo increíble lleno de tantas enseñanzas tanto para niños, adolescentes y adultos porque aún nosotros los adultos tenemos nuestra(o) niña(o) dentro.

Lo primero que hice fue comprar libretas, lápices y seguir escribiendo sin la idea de publicar, solo soñar e imaginar y con muchos miedos; de hecho, para mí, era imposible ver mi libro publicado en ese entonces. Al ir investigando sobre temas para inspirarme, el ir inventando personajes, imaginar un mundo con tantos lugares mágicos, idear la odisea de Zaphirah; algo en mi iba evolucionando. Y así seguí durante tres años más sin parar de escribir, me di cuenta de mi crecimiento como ser humano y la pasión que tengo por la escritura. Recordé mi infancia, la imaginación regresó a mí como cuando era una niña y al final, este mundo terminó edificando mi interior.

Todos podemos luchar por esos sueños perdidos del pasado, por más imposibles que sean, pues la clave está dentro de cada uno de nosotros. Nunca rendirnos y seguir adelante. Mi esencia se ve plasmada en tantos párrafos; hoy, con la inquietud de que otros lean *El Mundo de Zaphirah.*

Un día de octubre del 2017 decidí publicar este mundo e investigar todo el proceso; mis niños han sido mi motor, ya no era esa persona insegura; de pronto, un torrente de emociones habitaba en mi alma. Era ya una persona decidida, determinada, con fe en mí, fiel a mi esencia, y aprendí a nunca rendirme ante ningún sueño. Este mundo me hizo entender tantas cosas; defender mis ideales, mis valores, valorar la vida y sentirme orgullosa de mí misma, pero, sobre todo, estar agradecida con Dios y vivir mi presente al máximo.

Alba Letycia

Sería un honor para mí, si te tomaras unos minutos y escribas tu crítica de este libro en Amazon.

@albaletyciaoficial
@elmundodezaphirah
@inspirateconalbaletycia
www.albaletycia.com

EL MUNDO DE ZAPHIRAH
El Rescate de la Princesa Amaranta

EL VIAJE A CIUDAD ALEMO

 ecordemos que partieron dos grupos de Ciudad Tizara, cada uno con una misión. Definitivamente, iniciaba una nueva etapa para las criaturas de ese mundo llamado Lizandria.

Los dos grupos se habían separado. El primer grupo, integrado por Gasba, el mago del elemento Fuego; Yuna, la bruja del elemento Tierra; Natenión, el rey de los enanos de las montañas de Telnión; Yasuj, el príncipe de los elfos de Avillú; Toluk, príncipe de los yaramín de Ciudad Tizara; Ylud, princesa de los yaramín de Ciudad Tizara y Zaphirah Diterfisús, princesa de los sehu de Ciudad Alemo. Ellos tenían que pasar por el bosque Bolusi, cruzar por las montañas de Zachen y, por último, pasar por los peñascos profundos de Tymor, hasta llegar al bosque encantado de Arsavi, en donde vivía el sagrado Lettú.

Ciudad Tizara se quedaron Yala, la bruja del elemento Agua; Asrania, la reina de las ninfas de Mananri; Hunako, segundo en mando de Ciudad Tizara y Zamo, el rey de los yaramín, para proteger el portal mágico.

Después de cabalgar durante varias horas, el primer grupo entró al bosque Bolusi. Todo era verde y estaba tranquilo. Se desviaron a las montañas de Zachen, que eran muy altas. En la punta eran blancas e impactantes y tenían cuevas y piedras gigantes. La naturaleza de Lizandria era realmente mágica, natural y tenía vida propia. Iban a caballo y a todo galope; la niña Zaphirah no dejaba de observar todo, ¡estaba realmente admirada! Tenía sentimientos encontrados: iban en busca de la princesa Amaranta, a la que nunca había visto en su

vida, de la cual había escuchado tantas historias: ¡su madre biológica, por la que sentía tanto respeto! Era increíble cuántas cosas habían pasado en tan poco tiempo. Entró a un mundo que jamás imaginó que existiera, convivía con criaturas mágicas de hermosos ideales y, poco a poco, se sentía en casa. De pronto, escucharon un ruido espantoso, horrible y, a lo lejos, en lo alto, ¡pasó volando un gran dragón de color verde! Tenía unos ojos grandes y una enorme cola, cuatro cuernos en su cabeza, su piel era gruesa, sus alas gigantes e imponentes y, en la punta de sus alas, filos muy grandes.

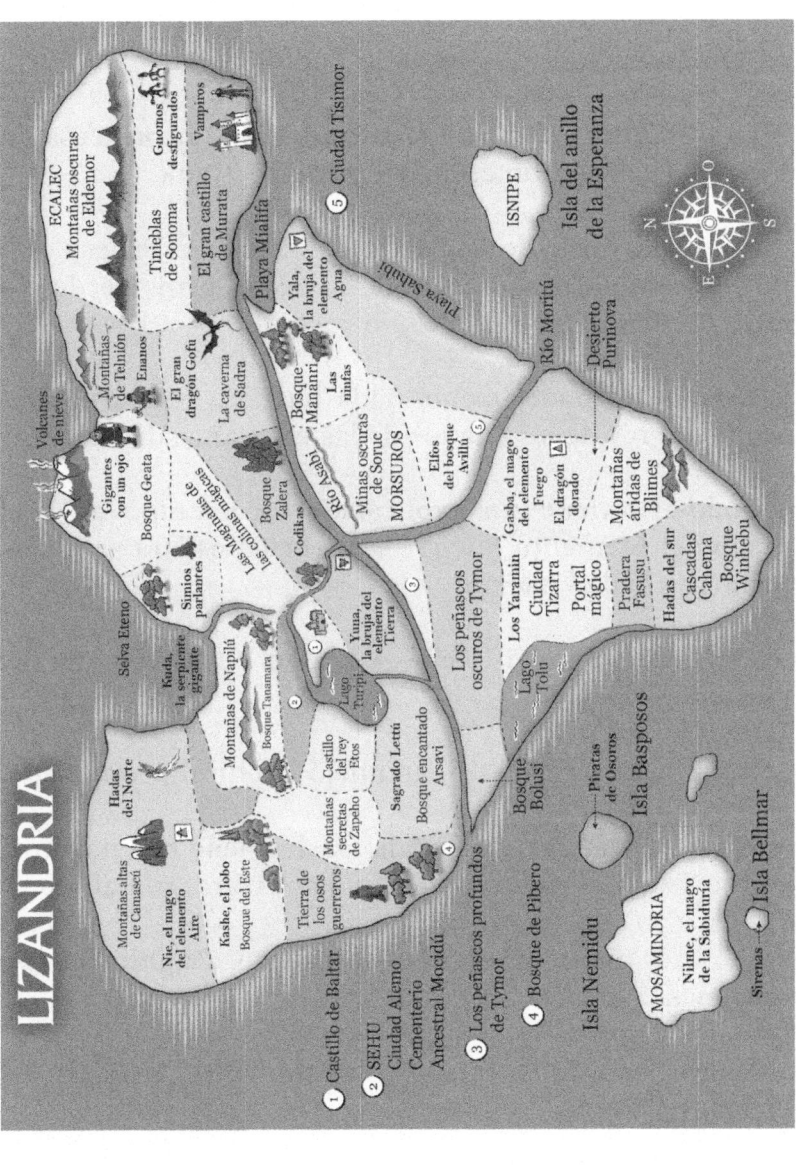

LIZANDRIA

ECALEC Montañas oscuras de Eldemor

Tinieblas de Sonoma
Guomos desfigurados
Vampiros
El gran castillo de Murata

Playa Mialifa

⑤ Ciudad Tisimor

ISNIPE

Isla del anillo de la Esperanza

Volcanes de nieve
Montañas de Telnión
Enanos
El gran dragón Gofti
La caverna de Sadra

Bosque Mananri
Las ninfas
Yala, la bruja del elemento Agua

Playa Sabidi

Gigantes con un ojo
Bosque Geata
Bosque Zalera
Codikas

Río Asabi
Minas oscuras de Sorue
MORSUROS

Elfos del bosque Avili

Gasba, el mago del elemento Fuego
El dragón dorado

Río Moritú

Desierto Purinova

Simios parlantes
Las colinas mágicas

Montañas áridas de Blimes

Selva Eteno
Kuda, la serpiente gigante

Yuna, la bruja del elemento Tierra

Los peñascos oscuros de Tymor

Los Yaramin
Ciudad Tizarra
Portal mágico

Hadas del sur
Cascadas Cahema
Bosque Winhebu

Pradera Fasusu

Montañas de Napilú
Bosque Tanamara
Castillo del rey Etos
Bosque encantado Arsavi

Lago Turipi

Lago Tolu

Bosque Bolusi

Hadas del Norte
Montañas secretas de Zapeho
Sagrado Lettú

Piratas de Osoros

Isla Basposos

Montañas altas de Camaseü
Nio, el mago del elemento Aire
Kasbe, el lobo
Bosque del Este
Tierra de los osos guerreros

Los peñascos profundos de Tymor

④ Bosque de Píbero

Isla Nemidu

MOSAMINDRIA
Nilme, el mago de la Sabiduría

Isla Bellmar

Sirenas

① Castillo de Baltar

② **SEHU**
Ciudad Alemo
Cementerio Ancestral Mocidú

③ Los peñascos profundos de Tymor

N O E S

—¡Estén alerta! ¡No es normal ver por acá a Gofú, el dragón verde de la caverna de Zadra! —exclamó Yuna, la bruja del elemento Tierra.

—¿Quién es Gofú? —preguntó Zaphirah.

—¡No querrás saberlo! —contestó Ylud, la princesa de Ciudad Tizara, prometida del príncipe Toluk.

—Pero la caverna de Zadra queda hacia el este, ¡eso está muy retirado de aquí! —dijo Yasuj, el príncipe de los elfos de Avillú.

—Esto no es nada bueno, nada bueno... —externó Natenión, el rey de los enanos de las montañas de Telnión.

—Todo esto tiene una explicación —comentó Gasba, el mago del Elemento Fuego—, ¡La bruja oscura sabe que vamos a Ciudad Alemo!

—Pero ¿cómo es posible? —exclamó Yuna, la bruja del elemento Tierra.

—¿Qué vamos a hacer? —inquirió Zaphirah, con miedo.

—No te preocupes, Zaphirah, Gasba viene con nosotros —dijo Toluk, el príncipe de Ciudad Tizara, con alivio.

—¿Y eso qué significa? —preguntó Zaphirah, con inocencia.

—Pronto lo sabrás, hija —contestó Yuna, la bruja del elemento Tierra.

—Manténganse juntos y alertas —indicó Natenión, rey de los enanos de las montañas de Telnión—. Si nos separamos, seremos un blanco fácil para Gofú, el dragón verde.

En eso, Gofú, el dragón verde de la caverna de Zadra volvió a pasar volando, hasta que logró verlos con sus enormes ojos; ¡entonces se dio la vuelta y se dirigió a ellos! Yasuj, el príncipe de los elfos de Avillú, sacó su arco y disparó una flecha, pero no logró hacerle nada y Gofú lanzó una gran bola de fuego directa hacia ellos. Pero Zaphirah, instintivamente, logró hacer un campo magnético, protegiéndolos. Todos quedaron sorprendidos por un instante.

—¡Mi campo magnético no durará, tenemos que hacer algo más! —exclamó Zaphirah, desesperada—. ¡Aún no puedo controlar bien mis habilidades!

—¡Cuando yo te diga, Zaphirah, quitas el campo! —gritó Yuna, la bruja del elemento Tierra—. ¿Me ayudas en esto, Gasba?

—¡Cuando me digan! —contestó Zaphirah.

—Listo, ¡ahora, Zaphirah! —indicó Yuna.

—¡Hazlo! —gritó Gasba, el mago del elemento Fuego.

Zaphirah quitó el campo magnético, mientras Yuna, la bruja del elemento Tierra y Gasba, el mago del elemento Fuego, juntaron sus poderes para lanzar un rayo de fuego y luz hacia el dragón verde, ¡que no lo afectó en absoluto!, así que seguía lanzándoles bolas de fuego. Natenión, el rey de los enanos de las montañas de Telnión, llevaba un gran escudo y desviaba algunas bolas de fuego. Los enanos de las montañas de Telnión estaban acostumbrados a pelear contra Gofú, pero en unión. En eso, Zaphirah sacó de su bolsa negra una de las tres plumas que le dio Nubidi, el gran águila blanca. Tomó la pluma entre sus manos y se dejó llevar por su intuición: la acercó a su

amuleto, cerró los ojos por un instante y pensó: «Nubidi, si me escuchas, ¡ayúdanos! Estamos por las montañas de Zachen». Le dio un soplo y la dejó volar. La pluma se fue rápidamente con el viento hacia el cielo.

—¿Qué haces, Zaphirah? —preguntó Ylud.

—¡No sé... sigo mi intuición!

—¡Son muy pocas las veces que hago esto, porque no sé cómo controlarme, pero necesito hacerlo para salvarnos a todos! —exclamó Gasba, el mago del elemento Fuego.

—¿A qué se refiere, Yuna?

—Gasba tiene la habilidad de convertirse en un dragón gigante, un dragón dorado como el fuego. No lo acostumbra porque no se puede controlar, pero cuando es necesario tiene que hacerlo, Zaphirah —repuso Yuna, la bruja del elemento Tierra.

—¡Ahí viene Gofú! —vociferó Yasuj, el príncipe de los elfos de Avillú, señalando al gran dragón.

—¡Corran, corran todos hacia esa cueva, ahí debajo de la piedra gigante! —recomendó Toluk, príncipe de los yaramín de Ciudad Tizara. De pronto, Nubidi, el gran águila blanca apareció y lo empezó a distraer. ¡Era verdaderamente veloz y audaz!

—¿Qué hace aquí Nubidi? —indagó, bastante sorprendido, Toluk, príncipe de Ciudad Tizara—. ¡Yo no la llamé! ¿Tú lo hiciste, Ylud?

—No, yo no la llamé tampoco.

—Fui yo... —intervino Zaphirah, con pena—. No sé cómo lo logré, pero yo la llamé, mi intuición me guió.

—¿Cómo es posible? —Ylud, princesa de Ciudad Tizara, no entendía.

—Después hablamos de eso —interrumpió Yuna, la bruja del elemento Tierra—. ¡Aprovecha ahora, Gasba!

—¡Todos aléjense de mí, escóndanse en un lugar donde estén a salvo! —suplicó Gasba—. ¡Háganlo ahora!

Yuna, la bruja del elemento Tierra, se los llevó a todos a una cueva cerca de ahí, detrás de una piedra gigante. Todos se escondían detrás de Yuna. Gasba, el mago del elemento Fuego, empezó la transformación: ¡se estaba convirtiendo en un enorme dragón dorado, aún más grande que Gofú! Sus alas eran distintas a las de Gofú, largas y delgadas. Gasba no tenía cuernos, sus orejas eran largas, tenía grandes escamas por toda la cabeza y cuello, sus cuatro patas eran largas y fuertes y su cola era gigante e impactante.

¡Zaphirah no podía creer lo que estaba viendo! El dragón dorado tenía un enorme escudo de metal en su pecho, con los mismos símbolos de los elementos, y alzó el vuelo hacia Nubidi, el gran águila blanca y Gofú, el dragón verde, que solo estaban volando en forma de círculo encima de ellos. Cuando Gofú, el dragón verde, se percató de la presencia de Gasba, el dragón dorado, se alejó inmediatamente de ahí y Gasba lo siguió, desapareciendo así los dos a lo lejos.

En eso, el gran águila blanca bajó hasta ellos a la cueva. La niña Zaphirah corrió y abrazó al gran animal. Toluk e Ylud no comprendían nada: ¡la gran águila solo era llamada por los yaramín de Ciudad Tizara!

—¿Qué está pasando, Yuna?

—Aún no lo sabemos, Toluk —declaró Yuna, la bruja del elemento Tierra—. Recuerda que Zaphirah es hija de un humano y una sehu, ¡quizá también nosotros aprenderemos de todo esto!

—¿Por qué te sorprendes tanto, Toluk? —cuestionó Yasuj, príncipe de los elfos de Avillú.

—Porque nadie puede llamar a la Gran Águila Nubidi, solo nosotros, los yaramín, y lo hacemos de forma mental —explicó Toluk, príncipe de Ciudad Tizara.

—Hijo, Nubidi es un ave. Ustedes, los yaramín, pueden comunicarse con todos los animales, esa es su habilidad —Yuna, la bruja del elemento Tierra, expuso—, pero Nubidi es especial, ustedes saben que es la única de su especie en Lizandria, es un águila ancestral y tiene más años que cualquier criatura aquí en Lizandria.

—Quiero comentarte algo que quizá sea necesario que sepas.

—¿De qué hablas, niño Toluk? —preguntó Yuna, la bruja del elemento Tierra.

—Nubidi le dio tres plumas a Zaphirah la última vez que la vimos, en el desierto Purinova, cuando nos protegió de Kuda, la serpiente gigante.

—¿Estás seguro?

—Sí. ¿Por qué, Yuna?

—Hace miles de años, se dice que los Eglan Unideri eran

protegidos por los Nusotús, las criaturas como Nubidi —relató ella—. Estas dos criaturas son ancestrales y el mito dice que existían cuando, en esa época, el creador de Lizandria fue visto. Hoy, solo queda Nubidi.

—La pregunta es: ¿por qué te dio a ti esas plumas y para qué, Zaphirah? —cuestionó Ylud, princesa de Ciudad Tizara.

—Para protegerla —aclaró Yuna, la bruja del elemento Tierra. —El mito dice que los Nusotús solo daban sus plumas a los que querían proteger y, en el pasado, las plumas se las daban a los Eg-lan Unideri.

—Entonces... ¡Nubidi eligió a Zaphirah para protegerla y por eso le dio esas plumas! —exclamó Toluk, príncipe de Ciudad Tizara.

—¡Pero ella solo es una sehu! —replicó sorprendida Ylud, princesa de Ciudad Tizara.

—Toluk tiene razón, la eligió para protegerla —continuó su explicación Yuna, la bruja del elemento Tierra—. Ahora también sabemos que Zaphirah no solo tiene los poderes de un sehu; por alguna razón, ha sido elegida por Nubidi. Los codikas tendrán mejores respuestas a esto.

—¿Cómo fue que llamaste a Nubidi, Zaphirah? —cuestionó Ylud, princesa de Ciudad Tizara, con enojo y celos.

—Recordé que Nubidi me había dado tres plumas y, por intuición, saqué la pluma de mi bolsa y, mentalmente, pedí ayuda. ¿Cómo? No lo sé. Al ver al dragón verde atacándonos sin ninguna piedad, lanzando bolas de fuego hacia nosotros, yo solo le pedí ayuda con todo mi corazón y con toda mi fe.

—Estamos a salvo, ¡eso es lo importante ahora! —exclamó Natenion, el rey de los enanos de las montañas de Telnión.

—Sigamos con nuestro camino, que aún nos falta mucho —propuso Yuna, la bruja del elemento Tierra—, ya Gasba nos alcanzará más adelante.

El águila gigante alzó el vuelo y se retiró de ahí y todos los demás siguieron caminando. Iban callados, pensativos. A lo lejos se alcanzaban a vislumbrar los enormes y oscuros peñascos profundos de Tymor. Todo empezó a inundarse de una neblina oscura, los caminos eran angostos, tenebrosos y tenían que pasar por ahí para poder llegar al bosque encantado de Arsavi.

—¿Qué es eso?

—¡Una enorme salamandra del desierto! —exclamó Yasuj, príncipe de los elfos de Avillú.

—Es... —y Yuna, la bruja del elemento Tierra no terminó de decirlo, ya que todos vieron, en ese instante, que ¡la salamandra se convirtió en Gasba! El mago del elemento Fuego, con su bata dorada, su sombrero lleno de símbolos, junto a su bastón con la hermosa piedra roja en la punta, estaba ahí, frente a ellos, como si nada le hubiera pasado.

—Gasba, ¿estás bien? —preguntó Toluk.

—Sí, Gofú nunca me dejó alcanzarlo. Es un hecho que a la que quería hacer daño era a la niña Zaphirah. Esto quiere decir, y nos confirma, que la bruja oscura sabe que vamos para Ciudad Alemo —agregó el mago.

—¿Hacia dónde se fue? —indagó Yuna, la bruja del elemento Tierra.

—Se escapó y se fue hacia la caverna de Zadra. Ahora debemos tener mucho cuidado. Nela sabe y todas esas criaturas oscuras de Lizandria que la ayudan también lo saben.

—¿Criaturas oscuras? —cuestionó Zaphirah.

—¿A qué te refieres con que debemos tener cuidado? —añadió Ylud.

—Escuchen, niños, esto que diré es muy importante —expresó Gasba con seriedad—. Desafortunadamente, existen el bien y el mal, y así como hay criaturas buenas, llenas de amor y bondad, también hay criaturas malas llenas de oscuridad y, al parecer, están unidas con Nela, la bruja oscura.

—¿Y eso es muy malo?

—¡Es lógico, Zaphirah!, ¿no? —repuso Ylud, con un dejo de burla.

—¡Déjala en paz! —la defendió Toluk.

—Y tú, ¿por qué la proteges tanto? —reaccionó Ylud.

—Es mi amiga y no sabe nada de Lizandria.

—¿Qué pasa, Gasba? —preguntó Yuna, la bruja del elemento Tierra—. Te noto preocupado.

—Hay algo raro en todo esto. A lo largo de estos cincuenta años-lizandria, Nela ha estado atacando por su cuenta, con la ayuda de las criaturas oscuras. Pero al seguir a Gofú, me acerqué más allá de las montañas de Telnión, cerca de las montañas de Eldemor y percibí algo raro.

—¿Qué fue, Gasba? —cuestionó Yuna, intranquila.

—Me acerqué un poco, volé por sus alrededores y todo estaba en silencio y oscuro, no había movimientos de ningún tipo.

—Gasba, ¿crees que Ecalec tenga que ver algo en eso? —empezó Yuna, pero de inmediato rectificó—. Mmm, no. Lo dudo, él ha estado ahí por años, no le interesa meterse con nadie.

—Entonces... ¿por qué le dio ese brazalete a Nela, hace tantos años, cuando pasó lo del humano?

—¿De qué están hablando? —preguntó la niña Zaphirah.

—¿Recuerdas la historia de tus padres? De lo poco que te contó Halú, la reina de las hadas del sur.

—Sí —espetó Zaphirah.

—Ellos hablan de Ecalec, el mago de la Oscuridad —continuó Toluk.

—¡Ecalec!¡El mismo que le quitó el alma a la bruja oscura! —exclamó Zaphirah.

—Así es. El mismo —asintió Yuna—. Mi querida niña, estás aprendiendo poco a poco de tu mundo, y también aprenderás que somos unas criaturas muy cuidadosas con respecto a nuestros ancestros; los respetamos mucho. Hay leyendas, mitos, costumbres, ritos, historias. Siempre las estamos recordando, generación tras generación, para no olvidar nunca quiénes somos y de dónde venimos. Nos escucharás hablar de historias, leyendas, mitos, libros ancestrales y demás. Nosotros respetamos

mucho todo eso, son nuestro legado y es importante que lo sepas.

—¡Se aburrirá! —declaró Ylud, la princesa de Ciudad Tizara.

—¡No lo hará! —profirió Toluk.

—Cada criatura tiene un respeto muy grande por nuestros ancestros y existen criaturas que se encargan de dejar todo escrito, en pinturas, esculturas o cualquier forma, para que las nuevas generaciones de Lizandria sepan —explicó Yasuj, príncipe de los elfos de Avillú—. Eso me lo han enseñado mucho mis padres, los reyes de los elfos de Ciudad Tisimor, y dicen lo mismo que Yuna, la bruja del elemento Tierra.

—¡Pues a veces aburre! —repitió Ylud, y simuló un gran bostezo.

—No te aburrirás más en cuanto comprendas por qué tus ancestros te dejaron ese legado, hija —le contestó Gasba, el mago del elemento Tierra.

—¡No me aburrirán, Yuna! —declaró, enfática, la niña Zaphirah—. Mi abuela Edugel me contaba historias y siempre quería saber más.

—Qué bueno, hija, estamos muy contentos de escuchar eso. Así comprenderás mejor todo.

—¿Qué ibas a contarnos, Yasuj? —preguntó Zaphirah.

—Hay una leyenda en mi aldea que dice que Ecalec, el mago de la Oscuridad, tiene más poder que los Cuatro Elementos juntos y, si él lo decidiera, podría apoderarse

de toda Lizandria. También dicen que, aunque no está comprobado, él posee el gran poder de andar por toda Lizandria sin ser identificado.

—¡Sigamos por aquí, por el camino de los peñascos profundos de Tymor y esperemos que nuestros presentimientos sobre Ecalec sean sin fundamento! —interrumpió Yuna, la bruja del elemento Tierra.

Todas esas criaturas mágicas, junto a Zaphirah, siguieron su camino por los impactantes peñascos profundos de Tymor. Todo estaba oscuro, había niebla por todos lados y no podían ver casi nada, solo alcanzaban a escuchar el eco del trote de los caballos. La niña Zaphirah sentía miedo y aún pensaba que estaba en un sueño demasiado real: ¡todo era nuevo para ella! Y, aunque su abuela le contaba grandes historias, Zaphirah aún no podía creer que era la hija de la princesa Amaranta, aquella princesa que había sido perseguida por la bruja oscura. Vivió diez años-tierra en un mundo hermoso, donde los humanos no tenían poderes, pero había libros para entretener a los niños. Estaba confundida, pero sentía una gran calma con esas criaturas que se decían llamar la Alianza APPA, sentía que eran reales; ella misma había logrado hacer campos magnéticos, pedir ayuda a una gran águila y se preguntaba qué más aprendería en aquel mundo mágico, donde lo imposible era posible, donde lo invisible era visible, donde todo era real e irreal al mismo tiempo.

Mientras tanto, la niña seguía en ese viaje con todas las criaturas que la ayudarían a rescatar a la princesa Amaranta del sueño eterno.

—¿Qué piensas, princesa Zaphirah? —escudriñó Yasuj, el príncipe de los elfos de Avillú.

—En lo que era mi vida en la Tierra y lo que estoy viviendo ahora —reconoció la pequeña con franqueza.

—No te angusties, princesa. Todo saldrá bien.

—Gracias. En ocasiones tengo miedo a lo desconocido. Extraño mucho a mis padres, extraño a mis amigos, esa vida normal y ordinaria que llevaba, pero sé que tengo una misión aquí: rescatar a mi madre y buscar la verdad de mi origen, la cual me dará libertad espiritual.

—Eres demasiado madura y centrada para ser una niña —especuló Yasuj, con sincera admiración.

—Se lo debo a mi abuela y a mi familia de la Tierra. Mi abuela Edugel siempre me decía: «Zaphirah, mi niña, sé intuitiva, confía en ti misma, sé sincera y no te preocupes por lo que otros digan. Mi niña, un corazón sincero siempre volará a la verdad» —recitó con amor.

—Si me lo permites, te enseñaré a usar el arco —ofreció Yasuj. —En cuanto paremos a descansar y tengamos tiempo, lo haré.

—¿Disparar flechas?

—Así es, princesa. Te enseñaré a disparar, tienes que aprender. Algún día puedes llegar a necesitarlo, veo tus manos y tienes la facilidad para usar el arco.

—¡Pero eso es para herir a otros! —exclamó asustada Zaphirah.

—Tú eres tú, Zaphirah —externó Yasuj, el príncipe de los elfos de Avillú—. Otros no piensan como tú, y aprender una habilidad más solo te hará más fuerte. Tu corazón

seguirá siendo el mismo, princesa.

—Gracias, Yasuj —contestó un poco menos asustada.

Toluk, el príncipe de los yaramín de Ciudad Tizara, solo los observaba. No podía reprimir que sentía un poco de molestia. Zaphirah era su amiga y había convivido con ella por meses, y verla con el príncipe de los elfos de Avillú le ocasionaba algo que no sabía qué era.

—¿Qué tienes, Toluk? —preguntó Ylud, princesa de Ciudad Tizara.

—Nada —contestó molesto.

—¿No estás emocionado? ¡Ya falta menos para casarnos!

—¡Estás loca! Falta mucho todavía.

—Para mí, es poco tiempo —concluyó Ylud. Y, en silencio, siguieron horas cabalgando por los peñascos...

—Siento que alguien nos está observando —dijo de pronto Natenión, rey de los enanos de las montañas de Telnión.

—No te preocupes, Natenión —dijo Gasba, el mago del elemento Fuego—. Son las criaturas Morty.

—¿Son peligrosas? —indagó Zaphirah, en voz baja.

—No —la tranquilizó Gasba—. Las criaturas Morty pertenecen a la oscuridad de los peñascos profundos de Tymor, son de aquí y son inofensivas. Nunca se muestran, pero están ahí, cerca de los caminantes, de todos aquellos que pasan por los peñascos profundos de Tymor.

—¡Siento mucho frío! —se quejó de pronto Zaphirah, temblando.

—Ten, esto te abrigará, princesa —dijo Yasuj, el príncipe de los elfos de Avillú, dándole su abrigo.

—Gracias, Yasuj —sonrió Zaphirah, y le dio un abrazo.

De pronto, a lo lejos, vieron el resplandor verde y mágico que salía de una barrera de árboles gigantes, como resguardando una entrada secreta. Zaphirah no podía imaginar la altura de aquellos árboles frondosos y llenos de vida; apenas si lograban observar los rayos de sol y, por un pequeño pasadizo, los guió Yuna, la bruja del elemento Tierra. Pasaron un río; había hermosas flores de varios colores, todas del tamaño de la niña y, conforme caminaban, se abrían paso ante ellos como si estas tuvieran vida propia. Los tres niños estaban admirados por aquel lugar mágico.

—Alianza, estamos en el bosque encantado de Arsavi —les informó Yuna, la bruja del elemento Tierra, con emoción.

—¡Qué lugar tan mágico, Yuna! —exclamó Zaphirah con asombro.

—Así es, mi niña, este es uno de los bosques más bellos y vivos de Lizandria, literalmente vivo —añadió Yuna con una sonrisa llena de paz.

—¿Pasaremos la noche aquí, Yuna? —investigó preocupado Toluk, príncipe de Ciudad Tizara—. A los árboles de Arsavi no les gusta mucho eso.

—No te preocupes, Toluk, vienen conmigo y quizá será más de una noche.

—Necesitamos hablar con el Sagrado Lettú —recordó Gasba, el mago del elemento Fuego.

—Lo sé, Gasba.

—¿Aquí es donde se encuentra el Sagrado Lettú? —preguntó Yasuj, príncipe de los elfos de Avillú, con curiosidad.

—¿No sabías? —se burló Toluk.

—No. Nos hablan mucho del Sagrado Lettú en Ciudad Tisimor y lo importante que es para todos los bosques de Lizandria, pero no sabemos dónde vive.

—¿No lo conoces? —increpó Ylud, princesa de Ciudad Tizara.

—No —repitió Yasuj.

—¿Quién es el Sagrado Lettú? —escudriñó Zaphirah.

—Pronto lo conocerán —la apaciguó Yuna, la bruja del elemento Tierra.

Todos siguieron a caballo por los caminos tranquilos de aquel bosque mágico. La niña Zaphirah sentía una paz y una tranquilidad inmensas en su alma. El sonido que se escuchaba por el movimiento de los árboles era relajante; todos los animales eran del mismo tamaño que los que habitaban en la Tierra, pero eran mágicos, con vida propia, libres. Eran parte del bosque. Había árboles por todos lados, anchos, angostos, altos, bajos: de todo tipo de árboles. La niña percibía algo, no eran árboles comunes, pero no lograba saber qué era.

—¡Aquí acamparemos! —informó, de pronto, Yuna, la bruja del elemento Tierra, bajándose de su caballo. Todos empezaron a bajar cosas de los caballos: mantas y víveres, básicamente. Gasba, el mago del elemento Fuego, hizo una fogata con su varita mágica, cerca de un árbol. Este árbol era ancho, de un tamaño normal, demasiado frondoso y, cerca de ahí, había un pequeño arroyo de agua cristalina.

—¿Y dónde está el Sagrado Lettú? —preguntó Yasuj, el príncipe de los elfos de Avillú.

—Estamos enfrente de él —señaló Yuna, la bruja del elemento Tierra.

—¿Dónde? —increpó Zaphirah.

—Sagrado Lettú, gracias por permitirnos la entrada al bosque Arsavi —agradeció Gasba, el mago del elemento Fuego con agradecimiento.

De pronto, todos sintieron un pequeño temblor en el piso. ¡El gran árbol que tenían enfrente se movió y se abrieron unas cavidades resultando ser sus ojos! Sus manos eran grandes ramas, sus hojas verdes, amarillas, naranjas y algunas, café y tenían un brillo muy especial. Las criaturas de la Alianza se quedaron asombradas; aun siendo parte y conociendo las maravillas de Lizandria, era algo asombroso estar frente a este árbol, lleno de gran sabiduría. El Sagrado Lettú era una criatura mágica muy respetada en toda Lizandria.

—Bienvenidos al bosque Arsavi —se escuchó la voz ronca del árbol, una voz pacífica y llena de paz.

—Gracias, mi Sagrado Lettú.

—¿A qué se debe su visita?

—Sagrado Lettú, ella es Zaphirah, hija de la princesa Amaranta Diterfisús, princesa de Ciudad Alemo —señaló Gasba, el mago del elemento Fuego, solemnemente.

—¡Princesa Zaphirah! —exclamó el Sagrado Lettú—. ¿Con que tú eres la hermosa niña sehu? Ya Yuna me había dicho todo lo ocurrido con Amaranta. Fue una pena lo que sucedió en Ciudad Alemo. Lo siento mucho —agregó con tristeza.

—No sé qué decirle, Sagrado Lettú —titubeó Zaphirah con gran asombro.

—Soy un árbol ya muy viejo: tengo miles de años. He visto pasar por aquí a muchas criaturas. Es lamentable saber lo que hizo Nela. En los últimos años ha destruido algunos bosques en Lizandria —expuso el Sagrado Lettú—. Toda la vegetación es importante para la vida de las criaturas y para nosotros también. Ciudad Alemo quedó irreconocible. En ese lugar había tanta vida, tanta luz, tanta energía... y hoy solo es una ciudad abandonada.

—Sí, ya me han contado todo —externó tristemente Zaphirah.

—Aquí pasaremos la noche y mañana saldremos y cruzaremos todo el bosque hasta llegar a Ciudad Alemo —indicó Yuna, la bruja del elemento Tierra.

—Me temo que eso no podrá ser, hija —informó el Sagrado Lettú, con preocupación—. Nela ha puesto un gran escudo magnético alrededor de toda la ciudad.

—¿Cómo? —preguntó Gasba, el mago del elemento Fuego.

—Hace algunos días, una manada de venados estaba en la salida del bosque, casi por entrar a Ciudad Alemo, y uno de mis venados murió al intentar cruzar —contestó el Sagrado Lettú, estremeciéndose—. Aun con tus poderes, Yuna, no podrás entrar a la ciudad.

—¿Pero si unimos los poderes de los Cuatro Elementos? —increpó Gasba, el mago del elemento Fuego.

—Todos sabemos que en los últimos años Nela ha estado absorbiendo poderes, incluso más que los Cuatro Elementos juntos. Su oscuridad es fuerte —recordó el Sagrado Lettú—.

Sus nuevas habilidades han puesto en peligro el equilibrio de nuestra naturaleza —agregó con gran preocupación.

—Sagrado Lettú, permítame decirle algo —se atrevió Yasuj, el príncipe de los elfos de Avillú—. Quizá no esté todo perdido. En Ciudad Tisimor, ciudad de los elfos, por el bosque Avillú, se cuenta una leyenda.

—¿A qué te refieres, hijo? ¿Qué leyenda es esa?

—Se cuenta que hace muchos años-lizandria, existió una mujer elfo llamada Suleiba que, junto a las ninfas del bosque Mananri, lograron hacer una flecha poderosa, con la cual podían abrir cualquier montaña, metal o escudos construidos por magia. y que esa flecha era indestructible —narró Yasuj.

—¡Siempre habrá esperanzas para el bien, hijo! —intervino el Sagrado Lettú, con gran sabiduría.

—¿Y dónde está esa flecha? —preguntó Gasba, el mago del elemento Fuego.

—En mi ciudad. La tienen resguardada en el gran salón Mulen, en lo sagrado de Ciudad Tisimor.

—¿Aún la conservan, príncipe Yasuj? —cuestionó Yuna, la bruja del elemento Tierra—. Yo tuve el honor de conocer a Suleiba, la Gran Guerrera, en aquellos tiempos.

—Sí, está dentro del gran salón sagrado, donde hay más tesoros para mi gente de sus ancestros, y así nunca olvidaremos lo que hicieron para el bien de otros.

—Mañana por la mañana partiremos a Ciudad Tisimor y le pediremos al rey Arlemú que nos preste la flecha de Suleiba, y entraremos por las montañas secretas —declaró Yuna, la bruja del elemento Tierra—. Cetina, la abuela de Zaphirah, años atrás me habló de la existencia de un pasadizo directo a Ciudad Alemo.

—Mis queridas criaturas, tengan paciencia y a Ciudad Alemo entrarán —imploró el Sagrado Lettú—. Es momento de descansar.

Todos buscaron un lugar donde dormir. El Sagrado Lettú se movió para estirar sus largas y extendidas ramas y, como consecuencia, empezó un pequeño viento, suave y ligero, que alzó las hojas del suelo y las elevó por los aires.

En ese pequeño movimiento que hizo el Sagrado Lettú, vieron cómo resplandecía la luna en el medio de decenas de estrellas. La niña sintió paz en su alma y su amuleto empezó a brillar sin parar. Ella se quedó observando un buen rato el cielo, que poco a poco se iba cerrando con las ramas largas del Sagrado Lettú cuando este volvió a acomodarse, para así poder cerrar sus ojos y descansar.

Pero esa noche cálida de la estación de hoto (otoño), no todo se había terminado. A lo lejos, la niña Zaphirah observó luces intermitentes, luces resplandecientes que llegaban de lo profundo del bosque; ¡era algo hermoso! Sin duda, cada día que pasaba en Lizandria, Zaphirah valoraba aún más la naturaleza.

Yasuj, el príncipe de los elfos de Avillú, se acercó a la niña. Toluk e Ylud estaban junto a Yuna, la bruja del elemento Tierra y, en otro espacio, se encontraba Gasba, el mago del elemento Fuego, junto a Natenión, el rey de los enanos de Telnión. Todos quedaron impactados ante las maravillas del bosque. Las luciérnagas iban rodeando al Sagrado Lettú; Zaphirah alzó su mano, queriendo tocar una de esas luciérnagas, que eran del tamaño de una mariposa en la Tierra, luciérnagas enormes, lejos de ellos, en lo alto y cerca del Sagrado Lettú.

Después de un largo rato, todos se quedaron dormidos alrededor de la fogata que había hecho Gasba, a excepción de Yuna, que se quedó meditando esa noche. Al día siguiente, por la mañana, todos estaban listos para partir.

—Ven aquí, hija —llamó el Sagrado Lettú a la niña Zaphirah.

—¡Sí, voy! —se acercó rápidamente la princesa.

—Ten, niña. Tú sabrás en qué momento usarlas —dijo entregándole tres hojas.

—¿Para qué son estas hojas, Sagrado Lettú?

—Princesa pequeña, estas hojas son de mis ramas, dan vida a nuestra naturaleza. Nunca olvides que la naturaleza contiene naturaleza, confía en ti misma y sabrás en qué momento usarlas —explicó.

—Sí, Sagrado Lettú —asintió Zaphirah y, con gran respeto, guardó las hojas.

—Son mágicas, nunca subestimes del poder de una hoja de la naturaleza —agregó el árbol.

—Muchas gracias —respondió la niña con grandes esperanzas en su alma, al momento que su amuleto brillaba con todos los colores de las piedras incrustadas, resaltando cada gema. Las cinco gemas resplandecían sin que entre ellas apagaran la luz de las otras.

—Sigue, hija, no te detengas, nunca dudes de ti misma, nunca dudes de las maravillas de la naturaleza y la calma que en ella hay —aconsejó el sabio—. La naturaleza siempre estará contigo.

Las palabras del Sagrado Lettú, ese gran árbol tan bondadoso, calmado, con esperanza, hicieron sentir a la niña una gran paz en su alma. ¡Ese lugar era realmente un bosque mágico! Los árboles se movían, las flores tenían vida y los animales brincaban por todos lados. En ese instante, pasó una parvada de aves en el cielo. Zaphirah se subió a Nalú, su yegua. La niña iba con la boca abierta, descubriendo cosas: ¡todo era verde y algunos árboles ya empezaban a colorear sus hojas de colores café y naranja!

Yuna, la bruja del elemento Tierra, en el camino venía pensando en la noche anterior. Todos se habían quedado dormidos y ella, después de su meditación, se dirigió al Sagrado Lettú.

—¿Qué tienes, hija mía?

—Mi querido Sagrado Lettú, amo del equilibrio de la

naturaleza, de la fuerza de vida en todos los bosques, estoy preocupada.

—Acércate, hija —le ordenó el Sagrado Lettú. Al acercarse Yuna al gran árbol de vida, este la levantó en una gran rama, llevándola lo más alto que pudo, sobrepasando los árboles de Arsavi. Y, desde ahí, pudo observar como la luna alumbraba todo—. Sé paciente, Yuna, mira a tu alrededor. Aún hay vida, el bien siempre prevalece y, aun en los peores momentos, siempre hay una esperanza. La transparencia de esa niña está en su alma.

—Sí. La protegeré, todos la protegeremos para poder despertar a la princesa Amaranta. La niña empieza a mostrar poderes desconocidos.

—Así es, Yuna, lo he sentido. Su alma está en perfecta sintonía con la naturaleza, con Lizandria. Ella ve más allá que un simple bosque encantado, ella escucha el aleteo de las aves, el sonido del bosque, habla con el cielo y se respeta a sí misma, aun con el miedo que todavía tiene en su alma, sin saber lo que ella significa para nuestro mundo, Yuna —dijo el sagrado árbol.

—Gracias, Sagrado Lettú, sus palabras dan tranquilidad a mi alma. ¡Zaphirah llegará al castillo del rey Etos y rescataremos a su madre!

—Vayan en paz, todos los que escuchan en su alma al Creador de Todo, intentan llegar más allá, al Espíritu, a la chispa divina que habita en ellos. Y esa niña la escucha. Que el Creador de los Cielos y de Todo esté siempre de su lado —se despidió.

En eso, Gasba, el mago del elemento Fuego, despertó a Yuna de sus recuerdos...

—¡Yuna...! ¡Yuna!

—¿Sí, Gasba?

—¿Es por aquí?

—¡Mira! Por allá está el río Asabi, podremos pasar por una balsa con los codikas y después nos desviamos hacia Ciudad Tisimor.

Llegaron al gran bosque Zalera y avanzaron entre los árboles, que eran normales, ¡pero los insectos eran gigantes, del tamaño de Zaphirah! Eran insectos inofensivos. Había todo tipo de animales. El ambiente era cálido, todos avanzaban en sus respectivos caballos. La niña tenía la sensación de estar leyendo un libro de magia y fantasía; observaba con atención todo a su alrededor, asombrada. A lo lejos, por el río, vio unas casas de madera; eran pequeñas y, de pronto, salieron unas criaturas bajitas, con un rostro áspero de ojos negros enormes, con un toque tierno, todas ellas de avanzada edad, sosteniendo un bastón cada una. Su nariz era pequeña, sus orejas grandes y redondas.

—Estamos en el bosque Zalera, ¡esta es mi casa! —exclamó Yuna, señalando con los brazos el lugar—. Ellos son los codikas, unos viejos amigos. Siempre que tengo dudas, preguntas sobre algo en Lizandria, acudo a ellos. Son de las criaturas más sabias de Lizandria, mi querida Zaphirah.

—Son pequeñitos y se ven muy tiernos —declaró Zaphirah.

—Y así es su alma, mi querida.

Yuna se bajó de su caballo y se encaminó hacia estas criaturas mágicas llamadas codikas.

—*Lao oq ykouxek xo qej yioqej qej juqaxo* (que el Creador de los Cielos los salude) —saludó Aridú, el codika, en el lenguaje yexirú.

—*Lao oq ykouxek xo qej yioqej qej juqaxo* (que el Creador de los Cielos los salude) —contestó Yuna, la bruja del elemento Tierra, en el lenguaje yexirú.

Todos habían bajado de los caballos, no podían dejar de mirar. Había enormes mariposas de todos los colores volando, libélulas gigantes, orugas impactantes, hormigas grandes y amistosas; todo tipo de insectos de un tamaño no visto en otra parte en Lizandria y los animales del bosque, que eran de tamaño normal. Los venados eran verdes, los leones eran de color negro, los tigres eran blancos, las panteras azuladas, los lobos eran grises con un tono brilloso. De pronto, las ramas se movieron en lo alto; los niños miraron hacia arriba ¡y vieron que eran unas jirafas amarillas, totalmente amarillas! Conforme iban caminando veían distintos animales. Los conejos, las ardillas eran del mismo tamaño que un lobo y, de pronto, ¡la tierra empezó a temblar! Los niños corrieron junto a Yuna, la bruja del elemento Tierra, Natenión, el rey de los enanos de Telnión, sacó su escudo y Yasuj, príncipe de los elfos de Avillú, estaba listo para lanzar una flecha.

—Tranquilos —intervino Zamisé, la Compasiva—. Es Coblafa, nuestro único elefante blanco en toda Lizandria.

En eso, ante todos, se apareció un elefante blanco, un elefante gigante del tamaño de un dragón. Sus ojos eran totalmente azul turquesa. Su piel era áspera y vieja. Y quedó al frente de los visitantes de bosque Zalera.

—Tranquilos, Coblafa no les hará ningún daño —los calmó Yuna, la bruja del elemento Tierra, acercándose al enorme elefante blanco.

—¡Es enorme! —atinó a decir Ylud, la princesa de Ciudad Tizara, con voz ahogada.

—¡Del tamaño de un dragón! —exclamó la niña Zaphirah.

—¡Deja ese arco, Yasuj, que no te hará nada! —ordenó Gasba, el mago del elemento Fuego.

—¡Nunca había visto un paduje en mi vida! —reconoció Toluk asombrado—. Había escuchado sobre ellos, pero pensé que se habían extinguido.

—Así es, Toluk, este paduje es el único en Lizandria y, aquí en bosque Zalera, está a salvo. Los codikas cuidan de todos estos animales maravillosos —explicó Yuna, la bruja del elemento Tierra. Y, acercándose al paduje, lo tocó en su trompa, dándole caricias y este se fue de ahí, siguiendo su camino en el bosque Zalera. En eso, llegaron los demás codikas; eran diez pequeños codikas, cinco mujercitas y cinco hombrecitos. Zaphirah estaba al final, detrás de todos, apenada y tímida, como escondida, cuando Yuna los iba a presentar, pero la interrumpió un grito:

—*¡Oj qu ñinu Zaphirah!* (¡Es la niña Zaphirah!) —clamó Nona, la Expresiva, en el lenguaje yexirú—. *Ñinu Zaphirah ha zeñxux uwqeku xo ha moyte* (niña Zaphirah, tu bondad aflora de tu pecho).

—*Xosukqu oqqu ñe yeñeyo* (déjala, ella no nos conoce) —dijo Inac, el Inteligente.

Nona, la Expresiva se había acercado a la niña y la había tomado de la mano. Todos los codikas tenían el rostro lleno de felicidad. La niña no comprendía del todo, pero sentía tranquilidad en su ser.

—Ellos son los codikas, Zaphirah —los presentó Toluk—. ¿Recuerdas todo lo que te hemos contado sobre ellos, sobre la princesa Amaranta?

—¡Aquí naciste, hija, en el bosque Zalera! —le informó muy emocionada Yuna, la bruja del elemento Tierra.

—¿De qué hablas, Yuna? —preguntó Ylud, la princesa de Ciudad Tizara, con curiosidad.

—Sí, Zaphirah, en este bosque, la princesa Amaranta dio a luz a la esperanza de Lizandria, a ti.

—¿Por eso regresaste por la princesa Amaranta al castillo, Yuna? —inquirió Gasba, el mago del elemento Fuego—. ¡Después de terminar nuestra misión y regresar a Caleg a la Tierra, te fuiste de forma extraña hacia Ciudad Alemo!

—Sí, Gasba —contestó Yuna—. Los reyes de Ciudad Alemo no sabían nada de la llegada de Zaphirah y, después, la princesa Amaranta decidió dejarla en la Tierra para protegerla de Nela.

—Y tú, ¿cómo sabes esta historia, Toluk? —preguntó, de nuevo, Ylud, princesa de Ciudad Tizara.

—Antes de hacer el viaje, Halú, la reina de las hadas del sur, nos contó un poco de la historia de los padres de Zaphirah.

—Halú hizo lo correcto —sentenció Yuna, la bruja del elemento Tierra.

—¡Impresionante! —afirmó Yasuj, el príncipe de los elfos de Avillú. Todos quedaron en silencio total y, en ese pequeño instante, la niña Zaphirah se quedó muda, tan impactada que no podía articular ni una sola palabra. Respiró profundamente, miró hacia el cielo; el sol apenas resplandecía. El sonido del viento era fuerte, había bastantes hojas caídas de los árboles en el suelo y las lágrimas empezaron a caer por sus mejillas, sin parar, sin detenerse. Y de pronto, abrazó con fuerza a Nona, la Expresiva. Zaphirah lloraba y lloraba sin parar, no podía contenerse y todos quedaron atónitos ante la reacción de la niña.

—¿Pero, qué? —iba a preguntar Toluk, el príncipe de Ciudad Tizara.

—Déjala, Toluk, estará bien con los codikas, ellos son los indicados para hablar con ella —lo tranquilizó con un susurro Yuna, la bruja del elemento Tierra—. Todos vengan a mi casa.

La niña se fue con los codikas hacia la pequeña aldea. Sus casas estaban conectadas; eran casas pequeñas hechas de madera y estaban cerca, por la orilla del río, todo era paz, todo era esperanza. En el río se lograban ver muchos peces, de distintos tamaños; unos grandes, unos pequeños, de diferentes colores, el agua era tan cristalina que observaba las distintas formas de las piedras que había en el fondo. Era un río mágico y, de pronto, saltó en el agua aquel pez enorme, con alas y patas, que alguna vez utilizaron los codikas para el viaje de la princesa Amaranta, cuando la bebé Zaphirah nació, ya que tenían que viajar a Ciudad Tizara. Ese pez era el que llamaban Cadixús.

—¿Qué tienes, mi niña? —preguntó Zamisé, la Compasiva.

—¿Qué le pasa a tu alma, mi niña? —agregó Teana, la Preventiva.

—No sé. De pronto todos empezaron a hablar de mi madre, de todo lo que hizo, lo que sacrificó para salvarme, y sentí una gran tristeza por ella de solo imaginarla viviendo todo lo que vivió —respondió ella entre lágrimas.

—Mi querida niña, es normal que te sientas así. Todas las criaturas pasan por distintos momentos en su vida y, en ocasiones, no hay otra opción que ser fuertes y seguir adelante —expuso Aridú, el Sabio.

—Me siento impotente. ¡No es justo lo que le pasó! —añadió Zaphirah con un enojo nuevo, con coraje.

—¡Ten cuidado, Zaphirah! Tus emociones son tu timón, tú eres dueña de tus propias emociones, nadie más —advirtió Zajú, el Justo—. El enojo, la ira, el rencor, el odio, te pueden llevar por una infinidad de caminos oscuros; es normal sentir enojo, pero el suficiente para seguir tu vida en paz.

—Ella era buena, inocente e ingenua… ¿Por qué le pasó todo eso? —preguntó la niña con lágrimas en los ojos—. ¿Por qué está postrada en una torre, dormida para siempre?

—El Creador de los Cielos y de Todo siempre nos protege; hoy todo es confuso, injusto, pero el mañana siempre es esperanza —intervino Tagudra, la Equilibrada—. Hoy estás aquí y vas camino para despertar a tu madre. Y así, el amor, la paz y la esperanza volverán a Lizandria.

—¿Quiénes son ustedes? ¿Por qué empiezo a sentir paz en mi alma?

—Hija, la naturaleza es muy importante en toda Lizandria y la unión que tenemos los diez codikas es el resultado de las centenas de años que tenemos de proveer y habilitar las almas, incluyendo el reparar los daños espirituales —expilcó Senid, la Eterna.

—¡Voy a rescatar a mi madre y será muy feliz! —declaró Zaphirah, con seguridad.

—Hija, eres una niña que apenas empieza a conocer las grandes maravillas que nos ha dejado el Creador de los Cielos, de la naturaleza —dijo Zabé, el Noble—. Deja que tu esencia, tu espíritu y tu intuición te guíen y nunca dudes de ti misma.

—¡Pelearé siempre por mis ideales!

—Nos alegra escucharte, Zaphirah; y recuerda, es normal llorar, sentir distintas emociones; pero siempre defiende tu esencia, lo que tú eres, confía en ti misma, que tú eres la dueña de tu destino —informó Mudato, el Victorioso.

—¡Gracias, muchas gracias! —expresó ella emocionada.

—Busca en tu corazón, a través del camino. Con el tiempo, te darás cuenta de que eres una niña tímida, insegura, alegre, miedosa, noble e inocente y los hechos, las experiencias que el Creador de los Cielos ponga en tu camino harán aflorar en ti a una Zaphirah fuerte, valiente, rebelde, bondadosa, necia y muy compasiva —aconsejó Nona, la Expresiva—. Nunca te avergüences de quién eres y de quién serás. Todas tus virtudes y defectos se juntarán y completarán el círculo de tu corazón.

—Cada alma, cada ser, cada espíritu, cada criatura, desde que nace, pasará por lo mismo que tú, mi niña: momentos difíciles, momentos de alegría o de tristeza, y deberás tener el coraje para afrontar lo malo y seguir tu camino —agregó Tagudra, la Equilibrada.

—¿Ustedes ven el futuro? —indagó la niña, intrigada.

—No, Zaphirah, pero podemos ver a través de tu alma, de tu ser —replicó Zamisé, la Compasiva.

—Quizá no te has dado cuenta, pero tú aprendes y sacas lo positivo de los demás o de las situaciones y otras criaturas lo han detectado, como Nubidi, Yuna, el Sagrado Lettú y nosotros —comunicó Mudato, el Victorioso.

—No entiendo.

—Con el tiempo lo sabrás. No puedes evitar ver lo bueno hasta en lo malo. Tu corazón será difícil de corromper por la oscuridad y eso es, para Lizandria, una gran esperanza —la tranquilizó Teana, la Preventiva—. Pero no eres inmortal; tienes tus puntos débiles. Por eso, todos los que vienen contigo te protegen, para que puedas lograr tu misión.

—Tengo miedo, ¡pero quiero rescatar a mi madre!

—Es normal sentir miedo. En ocasiones, en algunas criaturas, el miedo las hace fuertes y encuentran, en lo más profundo de su ser, sus verdaderos ideales, su verdadero ser; y tú lo encontrarás, mi querida Zaphirah —explicó Aridú, el Sabio.

Después de platicar con ella y tranquilizarla, los codikas le mostraron el bosque Zalera a Zaphirah; la calma de la

naturaleza, la compasión del Creador de los Cielos por otras criaturas. Le hablaron de cuando su madre era feliz ahí, en el bosque Zalera y de cuando nació ella.

—Tu madre siempre cantaba y bailaba —recordó Nona, la Expresiva.

En ese momento, todos los codikas empezaron a cantar una hermosa canción en su lenguaje yexirú...

Xiuj xo hkuñlaiqixux (Días de tranquilidad)

xiuj xo upek (días de amor)

hexej jepej qej yioqej (todos somos los cielos)

c xozopej jovaik qu qab (y debemos seguir la luz)

muku oñhoñxok c yeñwiuk (para entender y confiar)

lao qej yioqej añu qab po xuñ (que los cielos una luz me dan)

muku uqapzkuk qu mub (para alumbrar la paz).

Esa noche, en la cabaña de Nona, la Expresiva, la niña sintió paz, amor y mucha esperanza, y se quedó dormida. De pronto, Senid, la Eterna, vio algo en la mano izquierda de Zaphirah y llamó a todos los codikas.

—¿Qué hace ese símbolo en la mano de Zaphirah? —preguntó Nona, la Expresiva.

—¡No puede ser! Tenemos que hablar con Yuna —declaró Aridú el Sabio—. ¡Ella tiene el libro ancestral!

—¿Creen que sea el mismo símbolo? —inquirió Zajú, el Justo.

—¡Lo es! —afirmó Nona, la Expresiva.

—¡Pero Zaphirah es una criatura sehu! —exclamó Tagudra, la Equilibrada.

—Esto solo lo debemos hablar con Yuna —dijo determinante Teana, la Preventiva.

—Solo el Creador de los Cielos y de Todo tiene las respuestas —sentenció Zabé, el Noble.

—¡Pero es imposible que una sehu traiga ese símbolo! —señaló agitado Mudato, el Victorioso.

—Aún no sabemos cómo lo obtuvo —expresó Zamisé, la Compasiva.

—Por ahora, dejemos descansar a la niña —finalizó Nona, la Expresiva.

Dejaron a la niña dormida y los diez codikas se dirigieron hacia la cabaña de Yuna, la bruja del elemento Tierra. Todos estaban ahí reunidos y Nona, la Expresiva llamó en privado a Yuna para decirle acerca del símbolo que traía Zaphirah en la palma de la mano izquierda. Yuna corrió al interior de la cabaña, a hojear el libro antiguo que guardaba ahí.

—¿Estás segura, Nona? —preguntó Yuna, la bruja del elemento Tierra.

—Sí, es este mismo símbolo: es un círculo, los cuatro puntos cardinales con las iniciales, las tres aves y la palabra FE —contestó Nona, la Expresiva—. Es la clara imagen de aquella brújula.

—Ahora entiendo por qué Nubidi le dio tres plumas —añadió Yuna, la bruja del elemento Tierra—. No diremos nada de esto, ella debe seguir adelante con su misión y por sí misma debe aprender de ella misma.

—En nombre de todos los codikas, no diremos nada —prometió Nona, la Expresiva—. Pero queremos saber cómo es que Zaphirah tiene ese símbolo. ¿Tú sabes lo que eso significa, Yuna?

—Yo investigaré sin decir nada, Nona Ustedes deben estar tranquilos. Cuídala mucho, es nuestra única esperanza.

—Lo haré, Nona, siempre trataré de estar ahí con ella, guiándola. Lo prometo.

...

Mientras tanto, en el castillo de Baltar, Nela, la bruja oscura, daba vueltas por todos lados en su castillo. Su ira no la dejaba en paz. Su furia era tanta que no podía controlarla. Todas las pociones mágicas que estaba haciendo en ese momento, en una gran olla, salían mal. ¡Todas terminaban mal, no estaba concentrada! Sus planes de querer gobernar Lizandria habían cambiado por la llegada de esa niña. En eso, llegó Cutapí, el cuervo negro, y se convirtió en un hombre anciano, de cabello blanco y largo hasta la cadera; sus ojos eran rojos, sus cejas negras y anchas, su nariz era grande y su rostro estaba lleno de arrugas. Su vestuario era negro, totalmente.

—¿Qué sabes de esa niña tonta? —preguntó Nela, la bruja oscura.

—Mi señora, los vi entrar al bosque encantado de Arsavi

—respondió Cutapí—. Quise seguirlos hasta el bosque, pero no logré entrar.

—¿Qué puede hacer por ellos ese tonto tronco de Lettú? —se quejó Nela, la bruja oscura—. Seguramente, a estas alturas, deben saber que no podrán entrar a Ciudad Alemo.

—Entonces... —musitó Cutapí—, ¿qué la tiene tan preocupada, mi señora?

—Percibo que esa niña es fuerte —explicó Nela, la bruja oscura—. Es algo desconocido para mí, ¡no la quiero cerca de Ciudad Alemo! —agregó, muy molesta.

La bruja intentó hacer un hechizo, para poder ver dónde se encontraba Zaphirah, pero no lo logró. Todos sus hechizos mágicos fueron en vano. Y esto la desesperaba. ¡Sin poder saber dónde estaba la niña, no podía tener el control de evitar que se acercara a Ciudad Alemo!

—¡Vete, Cutapí, sígueles la pista! ¡No pueden durar tanto en el bosque encantado de Arsavi! —gritó Nela, con gran frustración. —Sí, mi señora —profirió mientras salía rápidamente. Nela estaba enfocada en la preparación de un hechizo para poder dominar a todos los sehu que tenía en las celdas de los dos castillos. Un hechizo peligroso, para poder usarlos como escudo y que estos pelearan contra los elementos, si llegaran a entrar a Ciudad Alemo...

Lo logró, después de varios intentos fallidos, encontró el conjuro para convertirlos a todos como en muertos vivientes y se dirigió a las celdas del castillo de Ciudad Alemo, donde los tenía encarcelados.

—¡Almas desdichadas, necesitadas de esperanza, yo les ordeno obedecer sin razonamiento, actuar como títeres

y, así, un aspecto tétrico reflejarán! —conjuró Nela, la bruja oscura.

Ese día, los dos castillos de Ciudad Alemo quedaron bajo el hechizo de Nela. Salió de sus manos un humo negro con destellos rojos, el cual se apoderó de todos los sehu que tenía en las celdas y estos empezaron a querer salir de sus celdas con enojo e ira, queriendo pelear con todo lo que se cruzara en su camino. «¡Nadie me podrá ganar!», se decía a sí misma Nela, la bruja oscura.

Entre tanto, en el bosque Zalera, estaban todos reunidos: Yuna, la bruja del elemento Tierra; Gasba, el mago del elemento Fuego; Natenión, el rey de los enanos de Telnión; Yasuj, el príncipe de los elfos de Avillú de Ciudad Tisimor; Toluk, el príncipe de Ciudad Tizara; Ylud, la princesa de Ciudad Tizara; los diez codikas del bosque Zalera. Ahí, cerca de la cabaña de Yuna, todos estaban poniéndose de acuerdo sobre lo que harían para llegar a Ciudad Tisimor de los elfos, mientras Zaphirah dormía en una de las cabañas de los codikas.

—Mañana saldremos a Ciudad Tisimor —informó Yuna, la bruja del elemento Tierra—. Nos llevaremos una de las balsas de los codikas para irnos por el río Asabi y, después, nos desviaremos por el río Moritú.

Todos aceptaron y se fueron a dormir. Al día siguiente, muy temprano, despertó Zaphirah y, de inmediato, todos se pusieron en acción, para poder salir cuanto antes.

—¡Que el Creador de los Cielos los proteja! —se despidió Nona, la Expresiva de ellos—. Niña Zaphirah, en nombre de los codikas te damos este regalo para que, cada vez que lo veas, recuerdes: «Hacia el este de tu alma está la luz, hacia el oeste está la protección, hacia el norte la

esperanza de tu corazón, hacia el sur están el amor y bondad de tu espíritu, pero en el centro está tu fe», hija —agregó—. Nunca lo olvides, mi niña.

Cuando la niña recibió la caja, hecha de hojas de árbol, la abrió con curiosidad y vio un hermoso anillo color plata, con grabados en el lenguaje yexirú y se lo puso en el dedo anular de la mano derecha y, llorando, le dio un abrazo a Nona, la Expresiva.

—No llores, hija —Nona, la Expresiva, le acarició la cabeza—. Sé fuerte, valiente y fiel a ti misma siempre.

—Gracias, muchas gracias por aparecer en mi vida —musitó la niña, entre lágrimas.

—Ya es hora, Zaphirah —interrumpió Gasba, el mago del elemento Fuego.

—Gracias por todo —dijo la niña, despidiéndose—. ¡Jamás olvidaré lo que he aprendido de ustedes!

—Los cielos deciden caminos, las criaturas planeamos objetivos, pero los mortales ordinarios, con una pizca de sabiduría, tendrán el poder de ser dueños de su propio destino, dueños de sí mismos —declaró Mudato, el Victorioso.

—Yuna, antes de que se vayan, queremos avisarles que Mosamindria está en peligro —advirtió Zamisé, la Preventiva—. Es un lugar sagrado: cada criatura que sale de ahí es más sabia y se convierte en pilar para los demás.

—¿Cómo saben qué está en peligro? —inquirió Gasba.

—Recibimos un mensaje del mago Nilme, el mago de la

Sabiduría —contestó Aridú el Sabio—. Hace unos días, fueron atacados por Osoros, el líder de los piratas.

—Pero ¿qué estará planeando esa bruja oscura? —se preguntó, muy molesto, Gasba, el mago del elemento Fuego.

—Sea lo que sea, lo está haciendo rápido y, casualmente, desde que llegó Zaphirah a Lizandria —reflexionó Yuna, la bruja del elemento Tierra—. Tiene miedo, ¡sabe que la niña es un peligro para sus planes!

—¿Por qué nos dicen hasta ahora esto, Aridú?

—No lo íbamos a hacer —reveló tranquilamente Nona, la Expresiva—. Pero por la misión que tienen con Zaphirah, hemos decidido que es lo correcto.

—E hicieron bien, Nona —sentenció Yuna, la bruja del elemento Tierra, asintiendo con la cabeza.

—¿Todo esto es porque la bruja oscura está enojada por la presencia de Zaphirah en Lizandria? —indagó Ylud, la princesa de Ciudad Tizara.

—Así es —afirmó Gasba, el mago del elemento Fuego.

—Pero ¡lo único que quiero es despertar a mi madre, conocerla, escuchar su historia! ¡Yo solo quiero que sea feliz! —exclamó la niña, enojada—. ¿En qué le afecta eso a la bruja oscura?

—Lamentablemente, no todas las criaturas piensan igual. Todas son distintas. Cada criatura tiene sus propios ideales, sus propios principios; cada criatura tiene distintas emociones —explicó Tagudra, la Equilibrada—. Pero existen el bien y el mal. Eso jamás podremos cam-

biarlo, unos con luz, otros con oscuridad, otros tienen los dos, y ustedes, niños, deben saber distinguir eso —agregó mirando directamente a los pequeños.

—Así es —dijo Yuna, la bruja del elemento Tierra, lista para partir en la canoa que los llevaría a Ciudad Tisimor, ciudad de los elfos.

—¿Qué es Mosamindria? —preguntó Yasuj, el príncipe de los elfos de Avillú.

—Es un lugar de aprendizaje, donde las criaturas mayores de cincuenta años-lizandria están ahí en un encierro por 730 días-lizandria, aisladas de todo —intervino Aridú, el Sabio.

—¿Una escuela? —cuestionó Zaphirah.

—Sí, Zaphirah —contestó Yuna, la bruja del elemento Tierra—. Pero está aislada. Mosamindria es la única escuela en toda Lizandria y queda en la isla Nemidú, lejos de las ciudades.

—Para la Alianza APPA, los codikas, el Sagrado Lettú, el mago de la Sabiduría y nosotros, los Cuatro Elementos, es un lugar muy importante para el crecimiento de los niños de Lizadria —terció Gasba, el mago del elemento Fuego—. En Mosamindria aprenden sobre Lizandria, a preservar los valores, cuidar la naturaleza, fomentar la paz, el amor y la esperanza. Los humanos le llaman educación.

—La educación es lo más importante para Lizandria —continuó Yuna, la bruja del elemento Tierra—. Eso fue lo que vino a enseñar tu padre, hace muchos años.

—¡Cuánta historia! —exclamó emocionada Zaphirah.

—Si sabes de dónde vienes, sabrás a dónde vas, hija —declaró Nona, la Expresiva.

—Ya empiezas a mostrar parte de tu personalidad —reconoció Yuna, la bruja del elemento Tierra—. Ahora, tendremos que separarnos.

—¿Por qué? —inquirió Gasba, el mago del elemento Fuego.

—Mosamindria es importante para Lizandria —expuso Yuna, la bruja del elemento Tierra—. Los codikas no pelean, reparan almas.

—Si es necesario, ¡pelearemos por Mosamindria! —exclamó enfáticamente Aridú, el Sabio.

—Ustedes y Gasba, el mago del elemento Fuego, irán a Mosamindria.

—Pero, Yuna... Ustedes también necesitarán ayuda —comentó, preocupado, Gasba.

—¿No te das cuenta, Gasba? —interpeló Yuna, la bruja del elemento Tierra—. ¡Nela sabe que vamos por la princesa Amaranta, está alerta a todo lo que hace la Alianza APPA! ¡Quiere atacar Mosamindria! Lo que menos queríamos ha iniciado: una batalla entre el bien y el mal, y todos nosotros debemos estar unidos.

—Todo esto es mi culpa, ¡soy el origen de esta batalla! —dijo alterada la niña Zaphirah—. ¡Mi llegada a Lizandria ha empeorado las cosas, ahora peligran tantas criaturas, y mi madre sigue ahí, dormida! —concluyó, con lágrimas en los ojos, la niña.

—No, Zaphirah, esto lo inició Nela, la bruja oscura hace muchos años. ¡Tú solo acepta los que son tus propios errores, nunca aceptes errores de otros! —enfatizó Yuna.

—Mi niña Zaphirah, el Creador de los Cielos, de este mundo, Creador de todo: la tierra, la naturaleza, los animales, de nosotros mismos, todo eso es bondad, es amor —expuso Nona, la Expresiva—. Ten paciencia, no desesperes, que en tu alma encontrarás la esperanza que, a Lizandria, algún día le darás.

—No sé qué pensar —señaló la niña, aturdida.

—Niña, ¡brillas por naturaleza! Desde el día que te vimos nacer, sentimos la luz de amor y la esperanza, que resplandeció ese día de hoto (otoño) en el bosque Zalera —declaró Tagudra, la Equilibrada.

—Ahora, lo que necesitamos es estar más unidos que nunca —convino Gasba, el mago del elemento Fuego—. Me voy con los codikas hacia Mosamindria.

—Pero estamos lejos de Mosamindria, ¡tardarán todavía en llegar! —enfatizó Toluk, príncipe de Ciudad Tizara, con precaución.

Aquel día de hoto (otoño), se estaba decidiendo el destino de todas las criaturas de Lizandria. La Alianza APPA y los codikas querían la paz y el amor para Lizandria. La niña estaba experimentando cambios en su persona; ¡sentía tantas emociones! Su vida en la Tierra no era, para nada, lo que estaba viviendo en Lizandria. En la Tierra, era una niña miedosa e insegura; trataba de absorber lo positivo de los momentos difíciles y era feliz así. En Lizandria, en cambio, estaba peleando por una causa. Todos cuidaban, de una forma increíble, al mundo de Lizandria: a su na-

turaleza y sus criaturas. Pero el mal existía, y estaban en una época de batallas. Era un cambio muy drástico para la niña, que tan solo tenía diez años-tierra. Para Zaphirah, todo era magia: criaturas sacadas de los libros de su abuela que le estaban llevando a tener cambios y creencias diferentes; experiencias que le estaban haciendo crecer y madurar, empezar a luchar por sus propios ideales. Empezó a sentir emociones profundas, como la injusticia por lo que pasaba a la princesa Amaranta, su madre. La niña tenía sentimientos encontrados de querer aprender cómo luchar para sobrevivir y defender a las criaturas que creían en ella, simplemente por ser ella misma, y combatir sus espasmos de negatividad, tratando de ver lo positivo en todo. De pronto, Yuna, la bruja del elemento Tierra, empezó a hacer un conjuro en voz alta y todos los presentes quedaron en silencio.

—*Tuna netie rrarolene, Tuna netie rrarolene. Terevico a sase sama ne sama sadala y equ ase utú danulov* —conjuró Yuna y, en ese momento, hizo el movimiento con su varita mágica, de la que surgió un torbellino de luz blanca que envolvió a Gasba y a los diez codikas, convirtiendo a Gasba en un águila dorada y a los codikas en palomas blancas que volaron en dirección al sur, hacia la isla Nemidú.

—Tenemos que seguir hasta Ciudad Tisimor, ¡necesitamos esa flecha, Yasuj! —exclamó Yuna, la bruja del elemento Tierra.

—Sí, Yuna —contestó Yasuj, el príncipe de los elfos del bosque de Avillú.

Todos subieron a una canoa grande. Yuna, la bruja del elemento Tierra; Yasuj, el príncipe de los elfos de Avillú; Natenión, el rey de los enanos de Telnión; Ylud,

la princesa de Ciudad Tizara; Toluk, el príncipe de Ciudad Tizara y Zaphirah. La canoa tenía cinco remos de un lado y cinco remos del otro. Se acomodaron tres de uno y tres del otro lado para equilibrar la canoa. Siguieron la corriente del sur por el río Asabí desviándose más adelante por el río Moritú hacia el sur de Lizandria. El río Moritú era distinto al río Asabi. Este no era tan cristalino: sus aguas eran peligrosas por la corriente y, además, había criaturas acuáticas gigantes. Pasaron por las Minas Oscuras de Soruc; el lugar se veía vacío, abandonado y oscuro.

—¿Qué es ahí, Yasuj? —preguntó Zaphirah.

—Son las Minas Oscuras de Soruc —contestó Yasuj.

—¿Qué hay ahí? —volvió a preguntar Zaphirah, intrigada.

—Hay muchas leyendas sobre las minas de Soruc, Zaphirah —respondió Yasuj—. En mi ciudad cuentan una leyenda. Te cuento: dice que había una guerrera muy valiente, llamada Suleiba, y que ella luchó hasta el final. También se cuenta que... —y así, Yasuj procedió a contar la historia de Suleiba, la elfa guerrera de Avillú, a todos los que iban en la canoa.

...

Cuando mi madre me contaba esta historia, entre muchas del mundo de Zaphirah, yo era una niña de ocho años. Aún recuerdo aquella infancia tan feliz que viví en Europa; fue mágica. Mis padres eran los mejores: muy cariñosos, buenos y bondadosos. Vivíamos en un lugar aislado, en donde solo estaba la casa de mis padres y por el que pasaban los caminos para llegar a otra casa. Eso sí, había muchos árboles, flores

de colores y siempre me la pasaba jugando afuera. La casa de mis padres era grande y amplia; parecía un castillo. Había mucho espacio para esconderme y jugar con mis muñecas. A mi mamá le gustaba llamarme Zaye, solo cuando estaba enojada por alguna travesura mía me gritaba «¡Zayeminc!» y yo corría rápido hacia donde ella estaba. Las minas de Soruc... No he olvidado esta historia, me hizo pensar en ser una niña fuerte y valiente. Lloré, pero aprendí mucho.[1]

1

EL VIAJE A CIUDAD ALEMO

En el mundo de Lizandria había una leyenda, que contaba que había tres elfos muy importantes en Ciudad Tisimor: Arlemú, Arsú y Suleiba. Arlemú y Arsú eran hermanos gemelos y eran descendientes de la dinastía Armulénis. Todos ellos pertenecían a la Alianza de los Elfos Cazadores de Avillú. Suleiba pertenecía también a esta alianza; ella era hija de Mutalá y Arlesí, pertenecientes al grupo de los elfos que cuidaban del bosque de Avillú. Se cuenta que, en el pasado, los Cuatro Elementos les dieron la piedra de Sarudien a Toneví y Lencio, que en aquel tiempo eran los reyes elfos de Ciudad Tisimor, para cuidar de esta hermosa piedra en forma de huevo hecha de cuatro gemas: rubí, diamante, zafiro y esmeralda. La piedra estaba bien resguardada en el cuarto sagrado de los elfos. Se dice que el elfo Arsú, uno de los gemelos, iba a diario a contemplar esta piedra. El elfo intuía que esa piedra ocultaba grandes poderes y le tentaba tocarla, pero estaba prohibido por los reyes. Era una piedra importante y se la habían confiado a ellos.

Una noche de floso (estación de primavera), Arsú, príncipe de Ciudad Tisimor y gemelo de Arlemú, fue hacia el salón sagrado de los elfos y tomó la piedra entre sus manos, sintiendo así el poder que le proporcionaba; pero en eso, llegó su hermano Arlemú, príncipe de Ciudad Tisimor, y le pidió que dejase la piedra en su lugar. Esa noche, Arsú fue regañado con severidad por sus padres: Toneví, y Lencio, reyes de Ciudad Tisimor. Sus padres le pidieron al elfo que nunca volviese a hacerlo. Lo hicieron prometer que nunca más se acercaría al salón sagrado con esa intención, ya que los elfos de Avillú eran parte de la Alianza APPA y los Cuatro Elementos habían confiado en ellos para proteger esa piedra, llamada la piedra de Sarudien.

Pero días después, Arsú regresó al cuarto sagrado junto a Socro y Curoc, dos elfos más, y se robaron la piedra y huyeron hacia las Minas Oscuras de Soruc. Los reyes de Ciudad Tisimor eran los abuelos de Yasuj, el príncipe de los elfos de Avillú. Cuando ellos descubrieron que Arsú, príncipe de los elfos de Avillú, se había robado la piedra de Sarudien, acudieron a los reyes Toneví y Lencio y asignaron una misión al padre de Yasuj, Arlemú, príncipe de los elfos de Avillú, y a Suleiba, perteneciente a la Alianza de los Cazadores de Avillú. Los dos eran grandes guerreros de Ciudad Tisimor e irían en busca de la piedra.

La piedra de Sarudien era una piedra delicada y, a su vez, peligrosa si caía en las manos equivocadas. La piedra hacía unión con las emociones de quien la tuviera y Arsú era un elfo oscuro. Los elfos habían sido traicionados en su confianza y desterraron al gemelo Arsú para siempre de Ciudad Tisimor. Poco después de ese gran incidente, los Cuatro Elementos arribaron a Ciudad Tisimor y explicaron a los reyes Toneví y Lencio, los abuelos de Yasuj, que era una piedra de gran importancia para toda Lizandria, y mencionaron vagamente que la piedra de Sarudien era la puerta secreta, la entrada a otro mundo, y tenían que recuperarla.

Los elfos cazadores, Suleiba y Arlemú, viajaron hasta el bosque Mananri. Ahí vivían las ninfas y ellas habían profetizado la traición de Arsú, el hermano gemelo, desde que era un adolescente, pero los reyes no lo creyeron.

Asrania, la reina de las ninfas de Mananri, habló con los elfos cazadores Arlemú y Suleiba. Les elaboró una flecha muy poderosa. No había pared, árbol, escudo o conjuro mágico que detuviera esta flecha y así fue como Asrania se la dio a Suleiba en las manos. Los dos elfos viajaron hasta las Minas Oscuras de Soruc, donde se enfrentaron

con Arsú, Socro y Curoc. Fue una pelea dura: Socro hirió gravemente al elfo Arlemú, el padre de Yasuj, y este no pudo pelear más. Suleiba peleó con toda su fuerza, sin parar. Llevaba el arco y la espada y logró herir a Socro y a Curoc, pero Arsú la atrapó, encerrándola en una celda oscura, sin comida, sin agua, sin luz. Pasaron los días y Suleiba, que estaba herida, solo tomaba agua de sus propias lágrimas. Arlemú, de alguna forma, pudo escapar de las minas y logró cruzar el río Asabi. Los codikas lo cuidaron, lo sanaron y lo salvaron de la muerte, pero él no olvidaba que había dejado a Suleiba y sabía que aún no podía pelear para ir a rescatarla.

Yuna, la bruja del elemento Tierra, se enteró de que los codikas estaban cuidando a un elfo y supo todo. Le dijo al elfo que no se preocupara, que ella iría a las Minas Oscuras de Soruc para buscar a Suleiba. Pero primero viajó a Ciudad Alemo por Cetina, la madre de Amaranta, y así, juntas, viajaron a las minas.

Estando en las Minas Oscuras de Soruc, entraron de forma sigilosa. Cetina tenía el poder de hacerse invisible y Yuna se convirtió en un conejo blanco para poder llegar hasta la celda de Suleiba y, así, Cetina siguió a la coneja blanca y descubrieron que Arsú, el elfo oscuro, había adquirido un poder inmenso con la piedra de Sarudien y estaba tratando de revivir a los dos elfos con poder oscuro. Cetina y Yuna lograron llegar hasta la celda donde se encontraba Suleiba. Cuando Yuna, la bruja del elemento Tierra, logró entrar, Suleiba estaba casi muerta, sin fuerzas, solo con su arco y una flecha. Yuna abrió con magia la celda y Cetina logró entrar. La abuela de Zaphirah, una sehu, intentó sanarla, ya que algunos sehu tienen el poder de sanar, pero Suleiba estaba moribunda. Cetina hizo todo lo posible por repararla y logró darle un poco de fuerzas. En ese instante, Suleiba se levantó como pudo.

¡Esa gran guerrera quedará en la memoria de todos aquellos que luchan por sus convicciones, por lo que quieren preservar en su alma! La elfa de Avillú se levantó y caminó directo, de frente al elfo oscuro. Arsú, al darse cuenta, ya no pudo hacer nada. Suleiba tiro la flecha mágica que le dieron las ninfas e hizo polvo al elfo oscuro y, en ese momento, ella se desvaneció y murió en los brazos de Cetina, la sehu, cumpliendo así su misión. Arsú, el elfo oscuro, ya no vio que Yuna, la bruja del elemento Tierra, tomó la piedra de Sarudien y se fueron de ahí, con el cuerpo de Suleiba, la elfa guerrera.

Días después, Cetina, reina de Ciudad Alemo, Yuna, la bruja del elemento Tierra, y Arlemú, príncipe de los elfos de Ciudad Tisimor, ya recuperado, viajaron con el cuerpo de Suleiba y llegaron a Ciudad Tisimor.

...

Regresando a la canoa donde Yuna, bruja del elemento Tierra, Natenión, rey de los enanos de Telnión, Yasuj, príncipe de los elfos de Avillú, Toluk, príncipe de Ciudad Tizara, Ylud, princesa de Ciudad Tizara, y Zaphirah, princesa de Ciudad Alemo iban por las corrientes peligrosas del río Moritú y Yasuj les iba contando la historia que acabo de contarles.

Yuna interrumpió a Yasuj:

—Desde aquel día no volví a escuchar sobre la flecha mágica indestructible, hasta ahora que lo mencionas, hijo.

—Entonces, ¿no es una leyenda, Yuna? —preguntó, muy intrigada, la niña Zaphirah.

—No, hija, todo fue verdad—contestó Yuna, la bruja del

elemento Tierra—. Creo que las leyendas, mitos, relatos e historias antiguas siempre traerán parte verdad, parte imaginación, y la esencia de quien cuenta una historia a otra criatura y así es como se forman las leyendas. Yo estuve ahí, logramos rescatar al príncipe de los elfos, el padre de Yasuj —agregó Yuna.

—¿Arlemú es tu padre, Yasuj? —inquirió con sorpresa Ylud, princesa de Ciudad Tizara.

—Así es y me siento orgulloso de mis padres, los reyes de Ciudad Tisimor —respondió con altivez Yasuj, príncipe de los elfos de Avillú—. Mis abuelos, Toneví y Lencio, ahora están con el Creador de Todo, pero nos dejaron un gran legado con esa lección de tener un hijo que hizo mal a Ciudad Tisimor.

—¿Y qué pasó después? —preguntó Zaphirah con curiosidad.

—Mi padre regresó a las Minas Oscuras de Soruc, encontró la flecha escondida entre las piedras y vio que ya no había nadie, ni los cuerpos de Socro y Curoc —continuó Yasuj, príncipe de los elfos de Avillú—. Mi padre sospecha que su hermano gemelo vive, que no murió aquel día.

—¡Pero yo vi cuando Suleiba, la elfa guerrera, lo hizo polvo! —exclamó Yuna, la bruja del elemento Tierra.

—Sí, pero él siente que su hermano no murió —aseguró Yasuj, el príncipe de los elfos de Avillú.

—¿Y qué pasó con la piedra de Sarudien? —indagó Toluk.

—Hoy es el amuleto de Sarudien y lo trae en el cuello Za-

phirah —declaró solemnemente Yuna, la bruja del elemento Tierra, señalando el amuleto de la niña.

—Este amuleto que he traído toda mi vida, ¿es la misma piedra de Sarudien? —cuestionó, con muchísimo asombro, la niña.

—Así es, hija —confirmó Yuna, la bruja del elemento Tierra—. Cuando conocí a tu padre, Caleg, yo percibí que era un humano noble, bondadoso y, además, tu madre era muy valiente. Al nacer tú, algo pasó con Lizandria, así como te dijeron los codikas: mandaste luz, paz y amor al bosque Zalera.

—¡Sigue contando, Yuna! —imploró Zaphirah con los ojos muy abiertos—. ¿Qué más pasó?

—Cuando pasó lo de tus padres, antes de que Caleg fuera enviado de regreso a la Tierra, sin memoria, como si nada hubiera existido, la noche anterior a la partida de Caleg a la Tierra, yo dividí la piedra en tres partes e hice tres amuletos: uno para Amaranta, uno para Caleg y uno para ti, Zaphirah —agregó Yuna.

—¡Pero mi amuleto tiene cinco piedras! Y Yasuj nos dijo que era un huevo formado de cuatro gemas —recordó, sorprendida, Zaphirah.

—Sí, el tercer amuleto es el que contiene las cinco gemas —interpeló Yuna, la bruja del elemento Tierra—. Es el que tú traes, mi niña. —agregó Yuna, señalándolo.

—¿Ese amuleto es por el que murió Suleiba, la elfa guerrera de Avillú? —preguntó muy sorprendido Yasuj, príncipe de los elfos de Avillú.

—¡Sí! —afirmó Yuna, la bruja del elemento Tierra—. Esa noche, al separar el amuleto con mis poderes, descubrí que en el interior existía una quinta gema: la amatista. Y la hice para Zaphirah, que en esa época era un bebé —agregó Yuna.

Todos quedaron en silencio. Zaphirah se estaba confundiendo con tantas historias; venían así y, de pronto, todo estaba relacionado. Y, al sentir que ella traía ese amuleto, que hasta ese momento le había dado seguridad, le dio miedo, mucho, ya que ahora era su deber. Guerreros en el pasado habían luchado para proteger esa piedra y murieron por ella.

—¿Por qué me lo diste a mí, Yuna? —inquirió, con miedo, Zaphirah.

—Porque sabía de su origen.

—Pero ¿por qué?

—Los Cuatro Elementos sabíamos del gran poder de la piedra de Sarudien; sabíamos que sus poderes se unían con las emociones del que se adueñara de la piedra —explicó Yuna. Por eso decidimos dejarla con los elfos de Ciudad Tisimor, no sabíamos nada de los problemas que tenían con el gemelo Arsú, príncipe de Ciudad Tisimor.

—Todos en Lizandria sabemos que los elfos de Ciudad Tisimor son los mejores para proteger metales preciosos, gemas, piedras e instrumentos mágicos —dijo Natenión, el rey de los enanos de Telnión.

—¿Pero por qué yo debía traer el amuleto de las cinco piedras, Yuna? —insistió Zaphirah.

—Aquella noche, en Ciudad Tizara, al ser una testigo de lo que pasó con la princesa Amaranta y Caleg, el humano, y que eso había dado origen a una niña llena de amor, paz y esperanza, decidí darte el tercer amuleto. Siempre y por toda la eternidad, las criaturas pequeñas serán puras e inocentes, siempre: en el pasado, en el presente, en el futuro. Siempre serán la esperanza para un mañana mejor y fue la mejor decisión que tomé al respecto —concluyó Yuna, convencida de cada una de sus palabras.

—Te entiendo, Yuna, siendo yo un adulto y con un hijo —intervino Natenión, rey de los enanos de Telnión.

—Hija, desde el momento en que naciste, supe que eras un bebé especial y dividir esa piedra y darle una esperanza a Lizandria es lo mejor que he hecho. Todo lo demás dependerá de ti, Zaphirah: de tus emociones, vivencias, experiencias y de las decisiones que tomes —agregó Yuna.

—Todos sospechamos que el gemelo Arsú se convirtió en Ecalec. Quedó hecho polvo negro, pero la piedra de Sarudien ya le había dado tanto poder que sobrevivió a la flecha mágica —reveló Yuna—. Pensamos que se fue hacia las montañas oscuras de Eldemor, más allá de las tinieblas de Sonoma, cerca del gran castillo de Murata.

—¿Por qué piensan eso, Yuna? —preguntó, sorprendido, Natenión, el rey de los enanos de Telnión—. Porque Yala, la bruja del elemento Agua, vio viajar una nube negra en esa dirección, cuando Suleiba, la elfa guerrera, murió. Pero nunca pudimos comprobarlo.

—¿Y si es así? —indagó preocupado Toluk, príncipe de Ciudad Tizara—. ¿Y si quiere recuperar la piedra de Sarudien?

—Lo único que podría interesarle es el amuleto de Zaphirah. Hice un conjuro y será difícil que Ecalec la detecte.

—Yuna ¿y si es él, Ecalec? —cuestionó, ya bastante asustado, Yasuj.

—No habíamos escuchado nada de él hasta que Nela se atrevió a ir a conseguir el brazalete para borrar la memoria de Caleg, el humano.

En eso, Zaphirah la interrumpió:

—Yuna, percibo que algo pasa ahí, en ese lugar —Zaphirah señaló con la mano hacia las Minas Oscuras de Soruc.

—¿En las Minas Oscuras de Soruc? —inquirió, poniéndose alerta, Yuna.

—No, Zaphirah, no puede ser. Desde lo que pasó con Suleiba, la elfa guerrera, esas minas quedaron abandonadas —afirmó Yasuj.

—Ahí hay vida —declaró enfáticamente la niña Zaphirah.

—Posiblemente estés sugestionada con tanta historia y todo lo que has visto, niña —dijo, restándole importancia al comentario de Zaphirah, Nanetión, el rey de los enanos de las montañas de Telnión. La niña hizo un gesto con los hombros, como diciendo «igual sí», y ya no dijo más.

Mientras tanto, no muy lejos de ahí, en las Minas Oscuras de Soruc, en lo más profundo, entre cuevas oscuras y pasadizos, había criaturas horribles. Criaturas sin cabello, con cara arrugada y todos tenían una cicatriz, como una

marca, en su brazo derecho. Era como un símbolo. Caminaban lentamente, parecían muertos vivientes: eran los surams, comandados por dos líderes altos, de los que emanaba una gran fuerza y que tenían demasiadas cicatrices por todo el rostro. ¡Eran Socro y Curoc! Pero ya no eran aquellos elfos normales que habían escapado de Ciudad Tisimor con Arsú, el príncipe malvado, el gemelo de Arlemú. Ahora parecían monstruos llenos de ira, maldad, y vivían con miles de esas criaturas malignas debajo de aquellas minas. La niña tenía razón al percibir vida en las minas, pero nadie le hizo caso, nadie le creyó.

Zaphirah era una esperanza para la Alianza APPA, para los codikas, para el Sagrado Lettú, pero era un hecho que, a raíz de la llegada de la niña, había empezado una batalla nuevamente entre el bien y el mal. Nela, la bruja oscura, logró descubrir que Amaranta y Caleg tuvieron una hija y esto cambiaba sus planes de forma drástica.

Nela, la bruja oscura, estaba preparada en Ciudad Alemo, mientras Zaphirah, princesa de Ciudad Alemo; Yuna, la bruja del elemento Tierra; Toluk, príncipe de Ciudad Tizara; Ylud, princesa de Ciudad Tizara; Yasuj, príncipe de los elfos de Avillú y Natenion, rey de los enanos de las montañas de Telnión iban hacia Ciudad Tisimor por el bosque de Avillú, donde vivían los elfos. Querían saber sobre la flecha mágica que usó en el pasado Suleiba, la gran guerrera elfa.

Por otro lado, Gasba, el mago del elemento Fuego y los diez codikas se fueron hacia Mosamindria, que estaba en la isla Nemidú, para enfrentar a Osoros, el pirata de la isla Barposos.

Nie, el mago del elemento Aire, Sivolú, rey de los simios parlantes, y Halú, la reina de las hadas del sur, se fueron

a dar aviso a todas las criaturas buenas de Lizandria de la batalla que se avecinaba en el mundo de Lizandria, y Yala, la bruja del elemento Agua, se quedó a custodiar el portal mágico en Ciudad Tizara junto a Zamo, el rey de los Yaramín; Hunako, segundo en mando de Ciudad Tizara, y Asrania, la reina de las Ninfas de Mananri.

Zaphirah era una niña miedosa, noble e insegura. En ocasiones débil y, en otras, fuerte. Al llegar a Lizandria empezó a aprender que tenía valor y coraje. Comenzó a perder el miedo, a creer en ella misma, en sus raíces, en sus ideales y a luchar por ellos. La niña tenía una gran responsabilidad y era la única que podía salvar a su madre de dormir para siempre, por el hechizo eterno de Nela, la bruja oscura. Zaphirah era la única esperanza para Amaranta, princesa de Ciudad Alemo y líder de la Alianza APPA. De eso dependía el futuro de Lizandria.

Yuna, la bruja del elemento Tierra; Natenión, rey de los enanos de Telnión; Yasuj, príncipe de los elfos de Avillú; Toluk, príncipe de Ciudad Tizara; Ylud, princesa de Ciudad Tizara, y Zaphirah, por fin llegaron al bosque Avillú. Sin duda, era un lugar enigmático, un bosque lleno de vida. Los árboles eran tan altos como el cielo. Todos bajaron de la canoa y siguieron a pie. La niña Zaphirah, cada día que pasaba, iba aprendiendo y conociendo más lugares de su mundo; había flores por doquier, de todos colores y abundaban las rosas. A lo lejos vio una ciudad construida sobre unas rocas gigantes, separadas por puentes de madera. Era absolutamente hermoso: la arquitectura elegante, con ventanales desde el techo al piso... Era una ciudad con magia. El aire era puro y percibió la paz y tranquilidad que de ella emanaba. Había miles de ellos por todos lados: elfos, elfas, niños y adultos. La niña se sintió extraña. Eran unas criaturas tal y como su abuelita Edugel las describió en su libro: altas y no

muy corpulentas. Los hombres eran guapos y las mujeres bonitas, con cabelleras largas, tanto hombres, mujeres y niños. Sus orejas puntiagudas, su piel pálida, sus ojos claros; todos tenían ojos claros. En Lizandria, los elfos de los bosques eran conocidos por su agilidad, destreza y sutileza y por ser callados y humildes cazadores. Su ropaje era de distintos colores y dependía de la edad que tuvieran: era blanco para los niños y niñas, verde para los jóvenes, azul para los adultos y dorado para los ancianos. Las historias cuentan que vivían cientos de años e, incluso, se piensa que son inmortales. Ellos manejan a la perfección el arco, ya que se les entrena desde que son unos niños y, aunque dominan la espada, su principal habilidad es con el arco. A las mujeres también se las prepara, al igual que a los hombres, desde pequeñas; hay igualdad y equidad. Conocen de música, baile y ecología. No usan caballos para transportarse: los elfos de Ciudad Tisimor usan alces de gran tamaño, alces blancos.

El rey Arlemú los recibió de una forma educada, sutil y ordenada.

—*Buosvosudac i Zuedid Tisimor* —les dio la bienvenida Arlemú, rey de los elfos de Ciudad Tisimor, en su lenguaje élfico—. ¡Bienvenidos a Ciudad Tisimor! —tradujo el rey al lenguaje lizandria.

—*Coñaq pidqo, gqizuuic paq ce Xiacpufiludid paqa os Lizandria xin pqablollic* —contestó Yasuj, príncipe de los elfos de Avillú, en lenguaje élfico—. Señor padre, gracias por su hospitalidad, pero en Lizandria hay problemas —repitió en lenguaje lizandria.

—Arlemú, necesitamos hablar de la flecha mágica de Suleiba —anunció Yuna, la bruja del elemento Tierra.

—¿Cómo? —repuso Arlemú—. ¡Esa flecha es sagrada para nosotros y es muy valiosa!

—Lo sé, pero... ¡En estos momentos, Lizandria está pasando por un momento crítico y, para seguir en paz, necesitamos la flecha de Suleiba! —comunicó enfáticamente Yuna.

—Está bien —aceptó el rey Arlemú—. Síganme por aquí.

El rey Arlemú los llevó al cuarto sagrado. Era un lugar único, un salón grande, con techos altos y columnas por todos lados. En ese sitio no había ni joyas, ni oro. Había pergaminos antiguos, arcos, espadas y coronas grabadas con el nombre de anteriores reyes elfos. En las paredes había dibujos de elfos con otras criaturas, pequeñas esculturas de animales y, dentro de ese inmenso salón, había una cascada de agua cristalina proveniente de una roca y, ahí, en la parte de en medio, se encontraba la flecha de Suleiba. Era una flecha muy bien hecha, distinta a las otras, con un brillo descomunal y, en la punta, tenía un pequeño escrito en un lenguaje nínfico.

Mientras el rey Arlemú guiaba a los visitantes, Zaphirah se quedó parada, observando por largo tiempo una flecha. Miraba cada detalle, cada escrito y, de pronto, sintió algo en su alma y, en ese momento, Yasuj se acercó a ella.

—¿Qué haces aquí, Zaphirah? —preguntó Yasuj, intrigado.

—¡Qué hermosa es esta flecha! Es intrigante, misteriosa e intimidante —contestó, en voz muy baja, la niña Zaphirah.

—Esta, mi princesa, es la flecha de Suleiba —agregó solemnemente Yasuj.

—Me lo imaginé, Yasuj —respondió Zaphirah—. ¿Qué dice en la parte baja de la flecha? —indagó la niña, señalando el mensaje:

$$\text{2C} \vdash 2 \vdash / \top / \top 2 \neg\!\!\wedge + 2 / \vdash \angle - \Gamma \vdash \neg \vdash\!\wedge$$
$$\text{2} - \vee\!\wedge 2 \subset\!\wedge\text{2} - \text{IC} \vee \neg / \wedge \text{CO}$$

—Es un antiguo lenguaje escrito por las ninfas de Mananri y significa «Sobrevivir a través de las marcas con valor».

—¡Yasuj!

—¿Sí, princesa?

—¡Quiero aprender a usar el arco! ¿Tú puedes enseñarme? —solicitó, emocionada, Zaphirah.

—Recuerda, princesa Zaphirah, que en el bosque Arsavi te dije que me gustaría enseñarte cómo manejar un arco —respondió Yasuj, entusiasmado.

—¡En este momento estoy completamente convencida de que quiero aprender! —aseveró Zaphirah—. Cuando contabas acerca de Suleiba, la elfa guerrera, no dejé de sentir admiración por su valentía.

—Así es, princesa Zaphirah. Ella fue un gran ejemplo de valor y lealtad para nosotros, aunque fue terrible lo que le hizo Arsú —afirmó Yasuj, con un gesto de tristeza.

—Yasuj, no te lamentes. Mi abuelita Edugel decía que cada ser humano es dueño de su propio destino, con base en las decisiones que vamos tomando y, supongo, aquí en Lizandria es lo mismo —dijo Zaphirah.

—¿Y extrañas a tu abuela, princesa Zaphirah?

—Sí, cada día de mi vida —aseveró, con tristeza, Zaphirah—. Y dejó un gran legado en mi alma, que nunca olvidaré.

—Al parecer, nos quedaremos unos días aquí, princesa Zaphira. Yuna quiere hablar de todo lo que está pasando en Lizandria con las ninfas de Mananri y, así, podemos aprovechar para entrenarte en arquería —informó Yasuj, emocionado.

Llegó la noche a Ciudad Tisimor. Los árboles eran tan altos que apenas se alcanzaba a vislumbrar la luna. Zaphirah salió a caminar por el bosque lleno de luz; la magia se respiraba hasta en el aire. Observó a las elfas y elfos conviviendo en armonía y en paz, llevando una vida mágica y tranquila. Caminó hasta llegar a un lugar donde tenían a los alces color blanco. La niña quedó impactada: eran hermosos. Se acercó a ellos y, un alce verdaderamente gigante se dejó tocar por la niña. Zaphirah sintió, en ese momento, una conexión con todo el bosque, los animales, la naturaleza... ¡Ni ella misma comprendía lo que pasaba! El sonido de las hojas de los árboles, al trinar, emitía algo; el agua en el río era como si tuviera vida. La niña quería seguir avanzando, seguir conociendo la ciudad, ya que ahí se sentía segura. En eso, llegaron Toluk, el Yaramín, príncipe de Ciudad Tizara, e Ylud, princesa de Ciudad Tizara.

—¡Zaphirah! —gritó Toluk, príncipe de Ciudad Tizara—. ¿Qué haces?

—¡Te estamos buscando desde hace horas! —comunicó Ylud, princesa de Ciudad Tizara.

—Estaba aquí, con los alces. ¿Sabían que los alces son blancos?

—Siempre han sido blancos —contestó Ylud, princesa de Ciudad Tizara.

—En la Tierra son de color café y más pequeños —declaró Zaphirah.

La princesa pequeña de Ciudad Tizara se acercó a los alces blancos, quiso tocarlos, intentó comunicarse con ellos y no lo logró. Los alces se alejaron de ahí.

—Son unos salvajes —terció Ylud, princesa de Ciudad Tizara.

—¿Qué has aprendido en Ciudad Tizara, Ylud? —preguntó Toluk, molesto.

—¿A qué te refieres, Toluk?

—Serás la futura princesa de Ciudad Tizara —explicó Toluk. —Ya deberías haber aprendido a respetar a los animales. No abuses de tu habilidad, somos las únicas criaturas de Lizandria que podemos comunicarnos con ellos.

—Pero Toluk... —respondió Ylud, aturdida.

—Eres tú, Ylud, ¡aprende a respetarlos!

—Lo siento, Toluk, tienes razón —aceptó Ylud, humildemente.

—¡Si mi abuela viviera, podría decirle todo sobre Lizandria! ¡Le diría que todo lo que me leía era real, que todo existe! —dijo con tristeza Zaphirah, princesa de Ciudad Alemo.

—Solo tú sabes de qué hablas, Zaphirah —repuso Ylud—. ¡Vámonos! Nos están esperando en el Salón Sagrado de Ciudad Tisimor.

De pronto, del lado este del bosque Avillú, vieron acercarse a cinco mujeres con largos cabellos hasta los pies. Usaban vestidos color blanco, llevaban los pies descalzos y sus caras eran pálidas, con un tono rosado. El color de su cabello era totalmente negro y todas llevaban unas bellas coronas hechas de flores metálicas. Sus orejas eran un poco más grandes de lo normal, no tan puntiagudas como la de los elfos. Sus ojos eran color violeta claro. Parecían hermanas, ya que todas se parecían entre ellas. Eran como entre adolescentes y adultas, venían con tranquilidad y una gran paciencia, y llegaron donde se encontraban los tres niños: Ylud, princesa de Ciudad Tizara, Zaphirah, princesa de Ciudad Alemo, y Toluk, príncipe de Ciudad Tizara.

—Me imagino que tú eres Zaphirah —dedujo una de ellas, con voz suave y tenue.

—Sí, señora, yo soy Zaphirah —contestó, tímidamente, la niña—. Y ustedes, ¿quiénes son?

—Somos ninfas del bosque Mananri, que queda por playa Sahubí, al este de Lizandria —respondió Anile, la ninfa que había hecho la primera pregunta.

—¿También vienen a Ciudad Tisimor? —preguntó, ahogadamente, Toluk.

—Así es —confirmó Anile—. Asrania es nuestra reina y hemos sido convocadas por el rey Arlemú. Ellas son Imorfa, Imanatia, Sevifa y Lenali.

—¿Ustedes son las que hicieron la flecha de Suleiba? —inquirió Zaphirah, abriendo mucho sus ojos.

—Así es, mi niña. Hace ya muchos años-lizandria de eso y hoy venimos a Ciudad Tisimor porque hemos sido llamadas —asintió Anile, con voz tranquila.

—¿Y tú, Toluk, por qué no dices nada? —cuestionó Ylud.

—No puedo, ¡nunca había visto a tantas ninfas juntas! —exclamó, impresionado, Toluk.

En eso, llegaron cinco hermosos unicornios blancos con su cuerno dorado. ¡Zaphirah no podía creerlo! ¡Realmente eso estaba pasando ahí, en ese momento! Para los niños de la Tierra, los unicornios únicamente se conocen por los libros. Ver estas criaturas es una ilusión constante en los pequeños del mundo de la Tierra y Zaphirah lo sabía. Anile, la ninfa, movió sus manos y, con unas cuerdas doradas, los amarró a los árboles y se acercó a ellos.

—No pueden moverse, los alces blancos se ponen inquietos al ver unicornios, así que, aquí quédense —les comunicó, dulcemente, Anile a los unicornios.

—¿Son unicornios de verdad? —preguntó Zaphirah, asombrada.

—Así es, mi pequeñita. Son unicornios reales —contestó Anile—. Cuando el humano llegó hace años, nos contó lo que había en la Tierra y lo que no existía también —agregó Anile.

Anile volvió a mover sus manos con gran delicadeza, haciendo magia y todos empezaron a flotar para así llegar más rápido a Ciudad Tisimor. En poco tiempo estaban

todos reunidos en el Cuarto Sagrado: Arlemú, rey de los elfos de Ciudad Tisimor; Yuna, bruja del elemento Tierra; Natenión, rey de los enanos de las montañas de Telnión; Toluk, príncipe de Ciudad Tizara; Ylud, princesa de Ciudad Tizara; Zaphirah, princesa de Ciudad Alemo, y las cinco princesas ninfas de Mananri.

—Yuna me ha dicho todo lo que está pasando en Lizandria: hay una gran batalla —dijo ceremoniosamente Arlemú.

—Rey Arlemú, nosotras sabemos lo que está pasando —informó Anile, la ninfa—. Asrania, nuestra reina, nos ha comunicado todo.

—¡Eso es muy bueno! —respondió, complacido, Arlemú.

—Queremos saber por qué estamos aquí, señor —indagó Anile con tranquilidad.

—Yuna, la bruja del elemento Tierra, necesita la flecha de Suleiba —explicó Arlemú—. Su misión es despertar a Amaranta, la princesa de Ciudad Alemo, y cree que Zaphirah puede hacerlo, pero Ciudad Alemo está bajo un conjuro de Nela, la bruja oscura, y nadie puede entrar —agregó, apesadumbrado.

—Tranquilos, esta niña pequeña logrará su misión, solo necesitas tener fe en ti misma y dejar todo en manos del Creador de los Cielos, pequeñita —los calmó Anile, la ninfa de Mananri.

—Gracias, Anile.

—Yuna, hay unas montañas secretas en Zapeho.

—Sí, lo sé —contestó Yuna—. Cetina, la madre de Ama-

ranta, alguna vez me lo dijo y llegan directo al castillo del rey Etos, por un pasadizo.

—Así es, Yuna —confirmó Anile—. Ustedes llegarán a ese lugar y podrán utilizar la flecha de Suleiba, pero deben saber algo primero. Esa flecha fue elaborada con un solo fin. Suleiba era una guerrera y estaba entrenada, pertenecía a una gran dinastía de elfos cazadores. Hoy pueden tocar la flecha, pero solo el indicado podrá utilizarla.

—Y ¿cómo lo sabremos? —preguntó, intrigado, Natenion, el rey de los enanos de Telnión.

—Convoquen a sus mejores arqueros de Ciudad Tisimor. El que toque la flecha con sus manos y haga que brille en todo su esplendor, ese arquero será el indicado para portar la flecha de Suleiba —propuso Anile.

El rey Arlemú mandó llamar a los cinco mejores arqueros de Ciudad Tisimor y alrededores de bosque Avillú. Cada uno fue pasando, uno a uno, sin lograr que la flecha brillara.

—Son todos, ellos eran los mejores —informó tristemente Arlemú, rey de los elfos de Ciudad Tisimor.

—¡Anile! Recuerda el fin con que hicimos esta flecha —le llamó la atención Imanatia—. Fue por la historia de Suleiba, no por su puntería con la flecha.

—¡Es verdad! Lo había olvidado —reconoció Anile.

—¿A qué se refiere Imanatia? —preguntó Yuna.

—Suleiba pertenecía a una dinastía de los mejores elfos cazadores de Avillú, pero en sus raíces, dentro de la fa-

milia de Suleiba, había grandes guerreras, de gran valor, lealtad, esperanza, corazón, de espíritu y fe —expuso Anile, princesa de las Ninfas de Mananri.

—Ninguno de ellos quedó, Anile —agregó, tristemente, Arlemú.

—El portador de esta flecha debe tener alguno de estos valores y debe ser elfo —añadió Anile.

—*Pidqo, ilges dui coqo qon do Avillú sa paqrreo coi ce Xiuja, rreuoqa coqla do Zuaqihas. Pidqo rreuhi na peoda eciqli, llo poqllufo* (Padre, algún día seré rey de Ciudad Tisimor, pero no quiero serlo porque sea su hijo, quiero serlo de corazón, para conservar sus tradiciones, su cultura y sus enseñanzas. Padre, quizá yo pueda usarla, ¿me permite acercarme?) —solicitó Yasuj, humildemente, en su lenguaje élfico.

—*Oqfi buos Xiuja* (¡Está bien, hijo!) —concedió Arlemú.

El príncipe Yasuj se acercó con cautela hacia la flecha de Suleiba y la tocó. De repente, un rayo de luz se expandió por todo el salón sagrado, dejando ver su brillo inmenso a todos los presentes.

—Yasuj, príncipe de los elfos de Avillú —declaró solemnemente Anile—. ¡Tú eres el indicado, tú eres el único que podrá disparar esa flecha a su destino! Por el valor, lealtad, esperanza, corazón, espíritu y fe que hay en ti, eres digno —agregó la ninfa, princesa del bosque Mananri.

—¿Yo? —preguntó, totalmente asombrado, Yasuj.

—¡Sí! —confirmó Anile. —Tú tienes una o más de las cualidades que tenía Suleiba.

—¡Gracias, princesa Anile! —repuso, sumamente emocionado, Yasuj.

—Es hora de que nos retiremos, rey Arlemú —comunicó Anile, princesa Ninfa del bosque Mananri.

—Gracias por todo —dijo Yuna.

—Zaphirah, nuestra pequeñita, nuestra esperanza —se dirigió Anile dulcemente a la pequeña. —Nunca estarás sola, hay tantas criaturas cerca de ti para apoyarte. Tu luz y la luz de estas criaturas las harán crecer.

—Gracias, princesa Anile —dijo la niña.

—Toda la Alianza está contigo, pequeña. No peleamos por poder, ego o tesoros, solo queremos ayudar a otras criaturas; queremos y luchamos por la paz, el amor y la esperanza —explicó Anile, con una sonrisa angelical.

—Gracias por todo, Anile. La cuidaremos en todo.

—Lo sé, Yuna —contestó Anile.

Las cinco princesas ninfas del bosque Mananri se retiraron de ahí, subieron a sus unicornios y desaparecieron en lo verde del bosque de Ciudad Tisimor, así, como estrellas fugaces que apenas puedes ver, absolutamente mágicas.

—Nos quedaremos unos días aquí, ya que debemos prepararnos —informó Yuna, con emoción—. Ya tenemos la flecha de Suleiba y vamos a entrar al castillo donde yace la princesa Amaranta —agregó Yuna.

Pasaron los días... Mientras, Yasuj le enseñaba, con gran

dedicación, arquería a Zaphirah. El elfo, con gran bondad y afán, la entrenó. La niña ya había aprendido lo suficiente y, un día antes de partir, el príncipe Yasuj le regaló un arco, mismo que había sido de su abuela, Toneví.

—Ten, Zaphirah, ya estás lista. He hablado con mi padre y está de acuerdo. Es un regalo de los elfos de Ciudad Tisimor, este arco era de mi abuela Toneví. Ahora es tuyo.

—¿Cómo crees, Yasuj? ¡No puedo aceptarlo! —exclamó Zaphirah, saltando para atrás—. ¡Es un gran tesoro para ustedes, era de tu abuela!

—Somos cazadores, vigilantes de nuestros bosques y guerreros —repuso Yasuj—. Aprendiste muy rápido. Eso quiere decir que en tu alma ¡hay una guerrera! Te has ganado el arco de mi abuela, ¡acéptalo!

—Está bien, Yasuj —aceptó Zaphirah, tomando el arco con mucha emoción—. ¡Gracias, gracias por todo! —dijo, enfáticamente, la niña.

Por la noche todos estaban en una reunión y platicaban al respecto.

—Mañana, finalmente, salimos hacia Ciudad Alemo, con la misión de rescatar a la princesa Amaranta —informó Yuna.

—Yuna, mi hijo Yasuj los acompañará, junto con diez elfos guerreros de Ciudad Tisimor. Que el Creador de los Cielos los acompañe —dijo Arlemú, rey de los elfos de Ciudad Tisimor.

—Gracias, rey Arlemú. Toda la Alianza quiere paz para Lizandria y esa es nuestra misión —contestó Yuna, con esperanza.

Mientras, Zaphirah se alejó y caminó hacia el bosque de Avillú. Ahí solo había árboles y ríos; los alces blancos, las flores, rocas gigantes la rodeaban e, internándose un poco, se detuvo y gritó:

—¡Abuela, te amo y te agradezco por poner gotas de bondad, de amor, de paz y esperanza en mi alma y en mi corazón! —gritó Zaphirah con todas sus fuerzas, mirando hacia el cielo y dejando salir de sus manos una pequeña luz resplandeciente.

En eso, Toluk, el príncipe de Ciudad Tizara, se acercó a la niña... —¿Por qué lloras, Zaphirah? ¿Estás triste? —inquirió Toluk, preocupado.

—Lloro de emoción, de alegría.

—¿Por qué? —preguntó, intrigado, Toluk, el Yaramín.

—Porque desde que mi abuela me contaba historias cuando era una niña pequeña, yo sentía que algo me faltaba. Y, desde que llegué a este mundo, he pasado tantas cosas y he escuchado más historias, todo tiene sentido —explicó Zaphirah—. Era feliz en la Tierra, pero desde que llegué aquí, no he dejado de aprender y hoy sé que ni el poder ni los tesoros son tan importantes. Lo importante es lo que tantos seres humanos y criaturas nos regalan para el alma o lo que podemos descubrir en nuestro propio corazón.

—¿A qué te refieres, Zaphirah?

—Sí. Cuando estamos seguros de lo que somos, de lo que estamos hechos, nada ni nadie podrá corromper nuestro espíritu, nuestra esencia. Siempre será la misma.

—¡Solo tú te entiendes, Zaphirah! —dijo Toluk, haciendo un gesto de desesperación.

—¡Hablo de un todo, que todo es uno, que todo está conectado! Nuestro corazón, mente, espíritu y alma —contestó, enfática, la niña.

Dejó a Toluk ahí parado, todo confundido, y la niña corrió por el bosque, como si fuera una pequeña de tres años-tierra, respirando el aire puro, genuino, disfrutando de los sonidos de los árboles y estaba feliz porque había descubierto la esencia de la vida, esa que está en cada ser humano, en cada criatura. Solo necesitamos tener fe en nuestro Creador Supremo y en nosotros mismos para encontrarla, pero eso ya le toca a cada ser humano o criatura hacerlo.

...

¿Sigues leyendo esta historia mágica?

¡Yo no puedo dejar de emocionarme! Es maravilloso cómo somos capaces de emitir emociones, vivir tantas experiencias distintas. Y, aunque quizá algunas nos causen demasiado dolor o demasiada alegría, hoy comprendo que no debemos perder la fe. Fue por eso por lo que decidí escribir sobre Zaphirah, aquella niña que no imaginaba de dónde venía, que su mundo de origen era un mundo distinto al nuestro, un mundo mágico, un mundo natural. Aún recuerdo que, cuando mi mamá paraba de contarme estas historias, ¡le rogaba me contase más sobre el mundo de Zaphirah! Mi mamá jamás imaginaría que ella me alejaba de sus negocios en Europa y que yo ya iniciaba a escribir en unas libretas sobre esta niña mágica y pensaba que todos los niños del mundo eran mágicos, así como ella.

¡Qué lindos recuerdos! Yo imaginaba todo, como si viera una

película en mi mente y no podía esperar llegar el siguiente día. Me levantaba en las mañanas esperando saber más sobre esas historias que me hacían imaginar tantas cosas: mundos increíbles, mundos mágicos, criaturas imposibles... ¡Estoy tan agradecida con mi madre por ello! A ella le encantaba llamarme Zaye; aún hoy, cuando hablo por teléfono con ella, me llama Zaye. ¡Hasta las lágrimas se me salían! Por eso quiero que otros niños imaginen y crean que todo es posible, que nunca dejen de soñar, de imaginar y de creer; que nunca pierdan la fe ni la esperanza en ninguno de sus sueños.

Seguimos con la historia: Zaphirah estaba en el bosque de Avillú, gritando hacia los cielos.

...

—¡Abuela, abuela, tenías razón! ¡Siempre tuviste toda la razón! —gritó, lo más fuerte que pudo, la niña Zaphirah.

En ese momento, como si su abuela hubiera escuchado sus gritos, empezaron a caer pequeñas gotas de agua.

—¡Abuela, tenías razón! —volvió a gritar la niña.

—¡Zaphirah, Zaphirah...! —la interrumpió Toluk—. ¡Está empezando a llover, regresemos a Ciudad Tisimor! —la apuró Toluk.

—¡Es lluvia, es naturaleza! —contestó Zaphirah, sumamente emocionada.

—¡Tenemos que irnos! Todos saldremos mañana por la mañana. Desde que llegaste a Lizandria es la primera vez que te veo tan emocionada —indicó sonriendo, Toluk.

—¡Sí, lo estoy!

—¿Por qué?

—¡Ella tenía razón! ¡Mi abuela siempre me lo dijo y nunca lo entendí! —explicó Zaphirah—. Ahora lo recuerdo: «Zaphirah, siempre te encontrarás gente de todo tipo, pero lo más importante es lo que tú elijas ser, con fidelidad a ti misma a partir de tu presente, nunca lo olvides, mi niña pequeña».

—No te entiendo —dijo Toluk, cada vez más confundido.

—¡No lo ves tú, Toluk! Pero ese es el punto; no necesito que alguien más lo entienda, si yo lo sé, es más que suficiente —declaró categórica la niña—. No hay destinos, porque cada uno de nosotros, seres humanos o criaturas de Lizandria, somos dueños de nuestro propio destino. Cualquier decisión que tomamos con base en lo que vivimos, las experiencias de otros, nuestras mismas experiencias, cada día, nos hace dueños de nuestro propio destino. ¡Solo debemos tener fidelidad hacia nosotros mismos y estar seguros de lo que estamos hechos, lo que somos y pelear por ello!

—¡Sigo sin entender! —repuso Toluk, dándose por vencido.

—En este momento, por ejemplo, la Alianza APPA está tratando de que Lizandria tenga un destino diferente: ellos quieren paz, amor y esperanza. Esos son los ideales de muchos de nosotros. Pero, al mismo tiempo, los tesoros y el poder son los ideales de otras criaturas.

—¡Tienes razón, no lo había visto de esa forma! —exclamó Toluk con cara de asombro.

—¡Abuela hermosa, donde quiera que estés, gracias! —

volvió a gritar Zaphirah—. ¡Aún recuerdo tus enormes abrazos, cómo me mostrabas con tanto amor y esperanza tus libros, tu bondad para hacerme el día feliz! ¡Siempre estarás conmigo en mi mente y en mi corazón, y cada decisión que tome será para luchar por mis ideales! —prometió Zaphirah, ahí, en el bosque de Avillú.

Después de esto, los niños corrieron de regreso hacia Ciudad Tisimor. Estaba tan emocionada, tan agradecida de ir poco a poco entendiendo cosas, de luchar junto a otros por la misma causa, que no sentía cansancio. Con Toluk, se fueron a preparar los caballos y los víveres para que, al día siguiente, emprendieran el viaje a Ciudad Alemo.

—Toluk... ¿Dónde está Ylud?

—Se quedó a descansar.

—Ah, bueno. Yo también me voy, necesito dormir, ¡nos vemos mañana!

—Descansa.

Todos en Ciudad Tisimor descansaban, todo estaba callado y tranquilo. Yuna, la bruja del elemento Tierra, estaba en la misma alcoba con la niña Zaphirah y con Ylud, princesa de Ciudad Tizara. Las niñas estaban dormidas y Yuna meditaba en silencio, en medio de la alcoba, con la cabeza inclinada, arrodillada y con sus manos entrelazadas.

...

Todo el ambiente era rojizo, todo era borroso, se escuchaban gritos de angustia, gritos de desesperación, había llamas por todos lados, el cielo era oscuro, lleno de

humo. Una tela blanca volaba en el viento y, a lo lejos, se veía a Natenión, el rey de los enanos de las montañas de Telnión, bajo su escudo porque algo lo golpeaba, no se alcanzaba a distinguir qué, pero había escaleras y escaleras, eran tantas y todo estaba oscuro...

—¡Nooooo! ¡Mamá...! —gritó Zaphirah, sentándose en su cama abruptamente.

—¡Tranquila, mi querida niña! ¡Todo es un sueño, un mal sueño! —la calmó Yuna, que había corrido a abrazarla.

—¿Qué fue eso? —preguntó, asustada, Ylud.

—Nada, Ylud, vuelve a dormirte —respondió Yuna, abrazándola también.

—¡Era horrible, Yuna! ¡Tengo miedo, mucho miedo! —musitó Zaphirah, llorando.

—¿Por qué? ¿Ya habías tenido estos sueños?

—¡Sí! Y unos se han cumplido... ¡Por eso tengo miedo de soñar así! —contestó la niña, asustada.

—¡Mmm! ¿Has tenido sueños que después pasan, entonces? —indagó Yuna, cautelosa.

—¡Sí! —afirmó Zaphirah—. Halú me dijo que quizá tú me podrías ayudar. No siempre los tengo, pero cuando sucede, es extraño. ¡Y me asusto mucho! —exclamó la niña.

—¡No puede ser, Zaphirah, eres una sehu! —exclamó sorprendida Yuna—. Las únicas que son profetas, aquí, en Lizandria, son las ninfas. Lo tuyo suena como una premonición, quizá una visión pasajera de tu subconsciente.

—Mira, Yuna —Zaphirah le mostró la palma de su mano izquierda.

—Sí, ya había visto esa imagen en tu mano —asintió Yuna—. ¿Tú te la hiciste? Porque no naciste con esa imagen.

—No, Yuna, yo no me hice nada —aseguró la niña—. En la Tierra, hay lugares donde se congrega la gente a buscar a Dios, se llaman iglesias. Hay varias religiones y la mayoría hace oraciones dando gracias a su Dios. Yo pienso que es el mismo Dios.

—Sí, te escucho, hija —dijo Yuna con interés.

—Yo estudiaba cerca de una iglesia. Un día nos tocó ir y, al final, me quedé con mis amigos y, cuando me encontré sola, entré a un cuarto donde había una escultura de un hombre con muchas heridas y su rostro reflejaba compasión. Al darme la vuelta, tomé una brújula, ¡pero me quemó la mano! En ese momento, solo me quemé, pero cuando llegó la noche, soñé al mismo hombre en la escultura, solo que en mi sueño se veía sano, contento y en gran paz. Estaba rodeado de luz. Su vestuario era totalmente blanco y tocó mi hombro derecho. Estoy segura de que me dijo algo, pero no recuerdo qué y, de pronto, desperté y vi en mi palma la misma imagen de la brújula que toqué en la iglesia.

—Escucha, Zaphirah. ¿Estás segura de que esta es la misma imagen que estaba en esa brújula de la que hablas? —preguntó Yuna, con cautela.

—¡Sí! —afirmó la niña, con miedo. —Era exactamente la misma. ¿Por qué, Yuna?

—Por nada, hija —contestó Yuna, demasiado pensativa—. Ahora, cuéntame del sueño que acabas de tener —pidió.

—Había un castillo enorme y en el portón tenía una media luna, un puente, y todo estaba en llamas, borroso y escuché gritos... —dijo Zaphirah cuando, en ese momento, Yuna la interrumpió...

—¡Detente! ¿Dices que el portón tenía una media luna? —cuestionó, agitada, Yuna.

—Sí, ¿por qué?

—¡Esto es increíble, Zaphirah! ¡Soñaste con el castillo de tus abuelos, donde está tu madre dormida! Lo extraño es que tú no lo conoces. Prosigue... Posiblemente, sea una premonición y ese sería un nuevo poder para una sehu.

—Vi al rey Natenión bajo su escudo y algo lo golpeaba, pero no alcance a ver qué era. ¡Había llamas por todos lados!

—Si lo tomamos como una premonición, posiblemente, algo, ahí, en el castillo de Ciudad Alemo, nos espera —expuso, con cautela, Yuna—. Mañana le pediré al rey Arlemú que nos permita llevar más elfos, debemos ir con precaución.

—¡Tengo miedo, Yuna! Vi unas escaleras y yo subía y subía, ¡pero algo detrás de mí me perseguía! —exclamó Zaphirah, temblando de miedo.

—No te preocupes, mi niña. Veamos el lado bueno de todo esto, iremos con mucha precaución y llevaremos refuerzos —reflexionó Yuna—. Estamos cerca de lograr nuestra misión. Que el Creador de los Cielos nos acompañe.

—¡Tienes razón, Yuna! —aceptó la niña.

—Ahora duerme y descansa, Zaphirah —ordenó Yuna, arropándola con cuidado.

Al día siguiente, por la mañana, en Ciudad Tisimor todos estaban listos para partir y el rey Arlemú envió a cien elfos con ellos.

—Tienen que tomar el camino de los peñascos profundos de Tymor y pasarán por la tierra de los osos. De ahí, se van hacia las montañas secretas de Zapeho —indicó el rey Arlemú.

—Sí, muchas gracias, rey.

—Estaremos en contacto, y que el Creador de los Cielos esté con ustedes —se despidió el rey Arlemú.

—Rey Arlemú, gracias por el arco —dijo la niña Zaphirah.

—Cuídalo mucho, niña, era de mi madre —contestó el rey Arlemú.

—¡Sí, señor!

Poco a poco, los elfos vieron cómo se alejaban por los profundos bosques de Avillú. El príncipe Yasuj era un adolescente de 90 años-lizandria, era el hijo único del rey Arlemú y, ese día, iba a cargo de la tropa de cien elfos montados en cien alces blancos. Zaphirah iba asustada todavía por el sueño que había tenido la noche anterior, pero sentía esperanza en su corazón: ¡cada vez estaba más cerca de su madre! Llegaron al río Moritú, los cien elfos bajaron de sus alces y empezaron a apilar una piedra tras otra, hasta lograr hacer una pequeña barda y, así, detener

el agua. Cuando bajó el nivel de agua, todos pasaron y, nuevamente, los elfos regresaron las piedras a su lugar y siguieron hacia los Peñascos Profundos de Tymor.

Mientras tanto, Sivolú, rey de los simios parlantes de Selva Eteno, Nie, el mago del elemento Aire, y Halú, la reina de las hadas del sur, no paraban de avisar a toda criatura en su camino a bosque Winhebu. Les avisaban que tenían que estar alerta, porque estaban atacando ciudades y tribus. Así fueron hasta pasar la pradera Fasusu y llegar a las cascadas Cahema.

—¿Hacia dónde vamos, Halú? —preguntó el simio parlante.

—Tenemos que llegar al bosque Winhebu, ¡Lizandria es un lugar enorme! Necesitamos ayuda —contestó Halú—. Debemos ir a por las demás hadas y todas nos ayudarán, yendo por todos los lugares de nuestro mundo.

Halú iba en una de las bolsas que tenía el ropaje de Nie, el mago del elemento Aire; sus caballos eran pintos, color blanco con negro. A lo lejos se escuchaba el sonido del agua.

—¿Qué es eso? —inquirió Sivolú.

Había unas enormes y sorprendentes cascadas, lo que señalaba la entrada al bosque Winhebu. Habían pasado por praderas y colinas hasta que llegaron a las cascadas. Estas caían de un pequeño peñasco y desbordaban en un río color esmeralda, angosto, en medio de piedras gigantes.

—¡Bienvenidos a bosque Winhebu! Aquí es donde vivimos las hadas del sur —comunicó la reina Halú.

—No conocía este lugar, Halú —dijo, sorprendido, Nie, el mago del elemento Aire.

—Tenemos que subir por todo el peñasco hasta llegar al origen de las cascadas; estando ahí, hay un inmenso bosque con árboles, plantas, animales y ríos que cuidamos y protegemos — explicó Halú.

Los caballos subieron con dificultad, iban por la orilla de la cascada hasta que lograron llegar a lo alto del aquel peñasco—. Sigamos por aquí —señaló Halú.

Halú iba diciéndoles por dónde ir, tomaron la orilla del río. Había unas piedras gigantes y, así, cabalgaron por un buen tiempo, hasta llegar a una cascada pequeña.

—Métanse por la cascada —dijo Halú, reina de las hadas del sur.

—¿Cómo? —inquirió, confundido, Sivolú.

—Detrás de la cascada hay un camino, son unas cuevas y al final está la salida a Winhebu —contestó Halú.

Se metieron por la cascada, siguieron por un gran túnel dentro de una cueva donde la poca luz que tenían provenía de los rayos del sol al final del camino. En eso, escucharon pequeños movimientos en el bosque.

—¿Usan magia, Halú? —pregunto Sivolú, en voz baja.

—Sí —respondió el hada.

De pronto, vieron un enorme arco de madera: ¡era la entrada al bosque Winhebu! Había pequeños riachuelos. El lugar trasmitía vida, estaba lleno de colores. Halú salió

volando de la bolsa de Nie, se extendieron sus alas hermosas, su vestido era verde. Por todos lados había hadas. Sus casas estaban en la parte alta de los árboles, pero la entrada estaba al pie del árbol. Había de todo tipo de animales, entre ellos insectos, pero pequeñitos. Cuando vieron a Halú, todas se acercaron a ella; dejaron de hacer lo que estaban haciendo. Pero se detuvieron, asustadas por ver a Sivolú y a Nie.

—¡No se preocupen, son amigos de la Alianza APPA! —comunicó la reina Halú, tranquilizándolas. Todas se volvieron a acercar, celebrando el regreso de su reina.

—¿Dónde están Hada y Hava? —cuestionó Halú.

—¡Aquí, reina Halú! —replicó Vada, hada del sur.

—¿Cómo ha estado todo? —preguntó entonces Halú.

—Todo bien, sin ninguna novedad, majestad —informó Hava, hada del sur—. Todos están haciendo sus labores, mi reina.

—Gracias, Hava —dijo Halú, reina de las hadas del sur. —Por favor, dale de comer a Sivolú y al mago Nie, y preparen el lugar donde ellos se quedarán.

—¡Sí, mi reina! —asintió Hava, y salió volando a cumplir con la encomienda.

Llegó la noche y todo estaba en paz. Había alegría, armonía y mucha energía buena. Cuando Halú se acercó a Sivolú y Nie, ellos no terminaban de comer todavía.

—Halú, ¡no sabía que existía este maravilloso lugar! De donde yo vengo, solo he visto gigantes de un ojo, enanos

de las montañas de Telnión y aun me ha tocado ver a los vampiros del este, del castillo de Murata —declaró Sivolú, muy asombrado.

—Somos muy frágiles y pequeñas; es por eso por lo que estamos muy escondidas. Lizandria es un mundo enorme, donde cabemos tantas criaturas distintas y con diferentes habilidades. Me ha tocado conocer a la mayoría. Por nuestro pequeño tamaño, nos podemos desplazar con facilidad, sin ser vistas. Por eso Yuna nos pidió dar aviso a todos y, con la ayuda de mis compañeras, podremos advertir a otras criaturas de Lizandria del peligro que se viene —explicó Halú, emocionada.

—Así es, Sivolú. Estas hadas pequeñas son unas criaturas fantásticas; sutiles, frágiles, mágicas y con un corazón valiente. Ellas protegen a la naturaleza —añadió Nie, el mago del elemento Aire—. Son pequeñas, quizá del tamaño de una mariposa de donde tú vienes, pero sin ellas, no podríamos tener conexiones entre nosotros y la naturaleza.

—¡No lo sabía! —dijo Sivolú, con una gran admiración—. ¡Mi reino y yo estamos a sus órdenes! —concluyó haciendo una gran reverencia.

—Halú fue la criatura asignada para ir por la niña Zaphirah a la Tierra, a través del portal mágico —reveló Nie, el mago del elemento Aire—. No sabemos mucho acerca de los humanos, pero en la Tierra no hay magia, no creen en ella y, por lo poco que Caleg, el humano, nos contó de su mundo, es muy distinto al nuestro.

—Algunas criaturas en Lizandria piensan que cambiamos el curso de las cosas, que tenemos influencia sobre el destino de otras criaturas. Pero, definitivamente,

es un mito. ¡Solo somos mensajeras y cada criatura puede decidir por sí misma! —señaló Halú, con paciencia.

Ahí estaban Halú, reina de las hadas del sur; Sivolú, rey de los simios parlantes de Selva Eteno, y Nie, el mago del elemento Aire, en el mágico bosque Winhebu. Como explicó la reina, las hadas son criaturas diminutas, mágicas, que viven en lo profundo de aquel bosque escondido. Durante los 730 días del año-lizandria, ellas reciben los días con energía, bailes y cantos. Todas visten de verde, a excepción de la reina Halú y sus dos ayudantes, Vada y Hava, que visten ropaje en tonos blancos. Les gusta trabajar en equipo; su alimentación es natural, solo plantas, y ellas protegen sus bosques, ríos y animales.

—En estos momentos, imagino que la Alianza debe de estar cerca de Ciudad Alemo —dedujo Halú, con tranquilidad.

—Sí, Halú —respondió Nie. —Todo saldrá bien.

Vada llevó a Sivolú y al mago Nie por la orilla de la aldea, iban a paso lento. Para las hadas, ellos eran gigantes, criaturas extrañas. En una pequeña colina los alojaron y les dejaron algo de comer, donde no lastimaran a los pequeños árboles y plantas que había en bosque Winhebu. No solo había hadas, también había hados, hombres y mujeres trabajando en su pequeña ciudad. Era una ciudad mágica donde había hongos enormes, bueno, para un hada eran gigantes y estos custodiaban el lugar; hongos de todos los colores: rojos, azules, blancos, verdes. Aún no llegaba la noche, pero todas las hadas y hados se preparaban para descansar. Eran unas criaturas dormilonas, ya que en sus sueños recargaban toda la energía para el día siguiente.

Al día siguiente presenciarían ese ritual de todos los días. Las hadas estaban listas en el centro de la pequeña ciudad, casi amanecía. Unas cantaban en coro al ritmo de la naturaleza, otras bailaban y otras tocaban el arpa. Nie, el mago del elemento Aire, levantó su varita mágica hacia los árboles y estos dejaron caer sus hojas. En el lugar se percibían la esperanza y la paz. Al terminar aquel ritual, la reina Halú pronunció unas palabras:

—Queridos hadas y hados: Lizandria está pasando por un momento difícil y la Alianza APPA necesita de nuestra ayuda. Quiero a todas las hadas y hados jóvenes, no más de 200 años-lizandria —los convocó Halú.

—¿Para qué, mi reina? —indagó Vada, el hada del sur que ayuda a la reina Halú.

—Ahora lo verás, Vada —contestó Halú, reina de las hadas del sur—. Harán cuatro grupos: un grupo se irá hacia el norte de Lizandria, otro hacia el sur, el tercero irá al oeste y, por último, el cuarto irá al este —agregó Halú.

—¿Qué haremos, mi reina? —preguntó, intrigada, Hava.

—Cada grupo dará aviso a cada aldea con la que se crucen, cada criatura buena, cada ciudad —indicó Halú—. Díganles que estén alerta, que se pongan a salvo. Si necesitan esconderse, que lo hagan de inmediato. Si necesitan estar preparados, que lo hagan. Lamentablemente, viene una gran batalla entre el bien y el mal en nuestro mundo.

—¿Cuántas hadas y hados por grupo, mi reina? —inquirió Hava.

—Quiero grupos de cinco integrantes cada uno.

—¿Cuándo partiremos? —preguntó Mesedec, un hada.

—Mañana, lo más temprano posible —respondió Halú. —Nasiy, tú te irás con tu grupo hacia el norte; Harimi, tú te irás hacia el oeste; Mesedec, tú partirás hacia el este y, Zarain, tú irás hacia el sur.

—Y nosotras, ¿qué haremos, su majestad? —cuestionó Vada.

—Ustedes dos son mi soporte y se quedarán a cuidar la aldea. Yo regresaré a Ciudad Tizara junto al mago Nie y el rey Sivolú.

—¿Las hadas y hados pueden usar su magia, mi reina? —se atrevió a preguntar Hava.

—Si es necesario, úsenla —concedió Halú.

Las hadas del sur tenían un poder peculiar, que a través de los años iba evolucionando. En sus dos manos traían como unos hilos dorados unidos entre sí, conectados uno a otro de distinta forma. Al verle las manos a un hada del sur, se observaba como una telaraña de hilos dorados: ahí es donde radicaba su magia. Solo las hadas mujeres tenían esta habilidad y, cuando querían hacer uso de ella, alzaban sus manos hacia el cielo, juntando las dos palmas. Esto, a su vez, expandía una luz brillosa y, toda hada que usaba sus poderes, recitaba la misma frase: «Creador, te pido el poder de la luz y la energía, para que mis palabras sean mágicas y ayuden a otros con lo que mi alma dice de corazón, con pureza e inocencia, desde el norte hasta el sur, desde el este hasta el oeste, desde el centro de mi naturaleza hasta el centro de tu naturaleza».

Y, cuando una pequeña hada del sur dice esta oración,

después de juntar sus manos, la magia surge de esos hilos. Las hadas saben que, al usar este poder mágico, al dar un consejo o expandir su sabiduría a otras criaturas de Lizandria, sus palabras llegarán más allá de las almas de otras criaturas y estas decidirán por sí mismas, siendo conscientes, sin herirlas, sin hacerles daño.

—¡Por la paz para Lizandria! —grito Halú, reina de las hadas del sur.

Y todas las hadas y hados gritaron: «¡Por la paz para Lizandria!». Al día siguiente, muy temprano, los grupos partieron hacia su destino. Halú, la reina de las hadas del sur; Sivolú, el rey de los simios parlantes de Selva Eteno, y Nie, el mago del elemento Aire, partieron hacia Ciudad Tizara.

...

Mientras tanto, en el castillo de Baltar de Ciudad Alemo, donde se encontraba Nela, la bruja oscura, por una de las ventanas entró un cuervo negro: era Cutapí, que se convirtió en el anciano de cabello blanco, largo hasta los pies, que era en su forma humana.

—¿Tienes noticias? —preguntó Nela, la bruja oscura—. ¡No puedo identificar dónde se encuentra esa niña tonta, que solo vino a arruinar todos mis planes! —agregó, furiosa, Nela.

—¡Sí, mi señora! —contestó Cutapí—. He logrado localizarlos. Ellos vienen entrando al bosque Pibero de la Tierra de los Osos, pero no vienen solos, traen como cien elfos preparados para batalla.

—¿Qué? —gritó Nela. —¿Cómo es posible? Nela, la bruja oscura, estaba furiosa.

—Con ellos viene Yuna, la bruja del elemento Tierra, la niña, dos niños yaramín, un enano y los elfos —dijo Cutapí, el cuervo negro de la bruja oscura.

—¡No podrán entrar a Ciudad Alemo! El conjuro es único, ¡no lograrán hacerlo! —exclamó Nela, con seguridad y maldad.

—¿Está segura, mi señora?

—¡Sí, lo estoy! ¡No existe nada que pueda deshacer mi hechizo! Cutapí, ¡ve a las montañas de Napilú y avisa a Kuda, la serpiente gigante, que altere a los osos! —ordenó Nela.

—Lo haré yo mismo, mi señora; tengo un pendiente con Luva y Hulor, líderes de la manada de los osos —respondió Cutapí, que se transformó en cuervo y voló por la ventana, hacia el oeste.

Después de volar, Cutapí llegó a bosque Pibero. Entró por la pradera Zusa y se paró en el árbol más alto, haciendo un graznido agudo y lo repitió tres veces: se estaba comunicando con Kashe, el lobo del oeste. Por otro lado, Cutapí escuchaba los pasos provenientes de los soldados elfos y, poco después, llegó Kashe.

—¿Qué quieres, Cutapí? —preguntó el lobo del oeste, que era un lobo gigante, con colmillos enormes.

—Están entrando a bosque Pibero como cien elfos, quieren rescatar a la princesa Amaranta y nosotros tenemos que impedir su paso por este bosque —contestó Cutapí, el cuervo negro de la bruja oscura.

—¿Qué estás planeando, Cutapí? ¿Qué quieres que yo haga? —indagó Kashe, el lobo del oeste.

—Conozco muy bien estas tierras, yo nací en este bosque. Fíjate perfectamente: tienes que secuestrar a Nivahú, hijo de Luva y Hulor. El cachorro tiene como cuatro meses... ¡Pero no le hagas ningún daño! Solo lo llevarás a la cueva de Renafe, que está al norte, cerca de unos árboles y, cuando te envíe la señal, lo dejarás libre —indicó Cutapí.

—El hijo de la osa Luva... ¡Eso los pondrá muy agresivos, toda la manada estará furiosa!

—Eso es lo que quiere Nela, la bruja oscura —explicó Cutapí.

—Lo entiendo, pero sé que a ella no le importa lo que pueda pasarle al cachorro —declaró Kashe, el lobo del oeste.

—No le hagas ningún daño, solo será una distracción para los osos, para que no dejen pasar a los elfos hacia Ciudad Alemo —dijo Cutapí, confundido.

—¡No quiero problemas con los osos! —respondió Kashe, enfáticamente—. ¡No le haré nada al cachorro!

—¡Hazlo ya! —ordenó Cutapí—. Los elfos ya están aquí, en bosque Pibero.

El lobo se adentró en el bosque, buscando a Nivahú, el oso cachorro. Cuando lo encontró, fue muy cauteloso, esperando un descuido de su madre, la osa y, en cuanto tuvo la oportunidad, se lo llevó lejos de ahí, hacia la cueva Renafe que le describió Cutapí. Al percatarse Luva, la osa, se asustó muchísimo y corrió por todos lados. Dio aviso a Hulor, el Gran Oso, el líder. Toda la manada de osos estaba buscando a Nivahú; estaban desesperados,

furiosos y muy agresivos. No querían que le pasara nada, como a Sutirí años atrás. Cutapí todo lo observaba desde los árboles y volaba de un árbol a otro. Tenía un gran rencor hacia los osos, esto era una venganza. Cutapí no quería hacerle ningún daño al cachorro, pero era el mejor momento para vengarse de los líderes de bosque Pibero: los Osos Grandes. Cutapí estaba enojado con Luva, la Osa, madre de Nivahú.

Yuna, la bruja del elemento Tierra; Zaphirah, la princesa de Ciudad Alemo; Toluk, príncipe de Ciudad Tizara; Ylud, princesa de Ciudad Tizara; Natenión, rey de los enanos de montañas Telnión; Yasuj, príncipe de los elfos de bosque Avillú, y sus cien elfos soldados ya estaban en lo profundo del bosque Pibero, tierra de los osos, iban a paso lento cuando, de repente, Zaphirah los detuvo abruptamente.

—Percibo algo, Yuna —anunció, en un susurro, Zaphirah.

—¿Qué pasa, Zaphirah? —preguntó Yuna, alerta.

—Algo está pasando, ¡lo percibo muy fuerte! —contestó Zaphirah.

—¡Alto! —gritó Yasuj, el príncipe de los elfos de Avillú, a sus soldados.

Todos se quedaron inmóviles, muy quietos. Apenas respiraban...

—Mi mente escucha muchos gruñidos, gran enojo y una furia terrible —declaró Toluk, el niño yaramín.

—¿Qué está pasando, Toluk, puedes verlo? —inquirió Natenión, el rey de los enanos de Telnión.

—¡Son los osos, están enojados y vienen hacia noso...! — Toluk no logró terminar la frase.

De repente, hubo un gran movimiento entre los árboles, ¡venían todos los osos! Y, por instinto, Zaphirah puso su campo magnético alrededor de ellos, pero no alcanzó a proteger a todos los soldados y los osos atacaron a los elfos. Yuna, la bruja del elemento Tierra, tomó un puño de tierra y lo puso en su brazo, e intentó hacer el conjuro para llamar a los otros elementos, pero Zaphirah no resistía más su campo magnético y Yuna no logró terminar su conjuro. Solo el mago Nie, que viajaba junto a Sivolú y Halú, se percató del llamado de Yuna.

—¡Yuna me necesita! ¡Tengo que irme! —exclamó Nie.

—¡Vete con cuidado, Nie, no te preocupes! —dijo Halú, que iba dentro de la bolsa.

—¡Cuida de Halú y váyanse con mucha precaución! —se despidió Nie.

—Está bien. ¡Tú también cuídate! —contestó Sivolú, el simio parlante.

En eso, Nie, el mago del elemento Tierra, se convirtió en un águila negra y se dirigió velozmente hacia el bosque Pibero.

Mientras tanto, Cutapí seguía entre los árboles; su plan estaba saliendo tal cual lo había planeado. En el bosque, los elfos que quedaron fuera del campo magnético trataban de defenderse de los osos sin lastimarlos. Para los elfos, la tierra de osos era pacífica y le tenían un gran respeto.

—¡Luva, soy Yuna, la bruja del elemento Tierra! —gritó

Yuna, con todas sus fuerzas—. ¡Toluk, dile que venimos en paz! —agregó Yuna.

Toluk intentó comunicarse con Luva, la osa, y Hulor, el oso. Los yaramín eran los únicos con la habilidad de comunicarse mentalmente en el lenguaje de los osos. Lo intentó varias veces, hasta que logró enfocarse en Luva. Los osos entendieron, por medio del yaramín, que venían en paz y se empezaron a tranquilizar.

—¡Se perdió Nivahú, la cachorra de Luva! —explicó Toluk—. Por eso están furiosos. Para ellos, esto no es normal.

Toluk, príncipe de Ciudad Tizara, se comunicó con los osos, expresándoles el motivo por el cual estaban pasando por el bosque Pibero, que era el único camino que los podría llevar a las montañas secretas de Zapeho. Toluk les hablaba mentalmente y los osos contestaban con gruñidos y sonidos guturales que solo un yaramín podía entender. Había elfos heridos gravemente y otros tenían golpes en el cuerpo. Luva y Hulor estaban desesperados por la desaparición de su cachorra Nivahú y pidieron disculpas por herir a tantos elfos.

—Esto no es casualidad —indicó Yuna, la bruja del elemento Tierra—. ¡Estoy casi segura de que Nela, la bruja oscura, tiene que ver con todo esto! —agregó muy molesta.

—¡Seguramente ya sabe que estamos aquí y no quiere que lleguemos a Ciudad Alemo, Yuna! —infirió Natenión, el rey de los enanos de Telnión.

—Sí, pero dudo de que ella esté aquí en el bosque —sentenció Yuna, empezando a buscar con la vista.

Y a lo lejos se escuchó una voz...

—Así es, Yuna, ¡aquí está la respuesta a todo! —contestó Nie, el mago del elemento Aire, que en ese momento se transformó. Junto a él, tenía sujeto a Cutapí, el cuervo negro de la bruja oscura, en su forma humana. Todos quedaron sorprendidos, ya que no conocían a Cutapí de esa forma: un anciano con cabello largo, color blanco.

—¿Quién es él, Nie? —preguntó Yasuj, el príncipe de los elfos de Avillú.

—Cutapí y yo nos conocimos aquí, en bosque Pibero, hace un poco más de 50 años-lizandria, antes de la llegada de Caleg, el humano, a Lizandria. En esa época, Cutapí era un cuervo blanco, uno de los únicos en Lizandria. Había pocos, así que decidí llevarlo a las montañas altas de Camascú y, bondadosamente, le enseñé sobre la magia de los Cuatro Elementos. Creció su conocimiento, pero un día, vinimos aquí, a bosque Pibero. (Toluk les estaba diciendo todo mentalmente a los osos). Luva y Hulor habían tenido a su primer cachorro, Sutirí. Cutapí era muy necio y, en uno de sus intentos por crear un cubo de cristal mágico en un lugar sagrado para los osos, cerca del río Asabi, provocó que los osos se asustaran y Sutirí cayó al río. Cutapí intentó salvarlo, pero el cachorro era muy pesado para un cuervo blanco y Sutirí, el oso cachorro, murió. Luva, la osa, culpó a Cutapí de su pérdida. Todos los osos estaban muy molestos y llamaron a Zamo, el rey de los yaramín de Ciudad Tizara, para poder comunicarse con nosotros, los Cuatro Elementos, y decidimos quitarle el privilegio de ser un cuervo blanco, así que quedó como un cuervo negro, sin magia y, un día, desapareció de bosque Pibero.

—¡Cutapí! Luva dice que te perdona por lo que le pasó a Sutirí e incluso acepta que no fue tu culpa. Ella acepta que los espíritus guerreros del bosque saben por qué pa-

saron así las cosas —declaró Toluk—. ¡Pero te pide, te ruega que le entregues a Nivahú, su cachorra! —suplicó.

—¿Es una cachorra? Pensé que era un cachorro. ¡Diles que ellos me quitaron la oportunidad de aprender más sobre la luz, me condenaron a la oscuridad! —exclamó, con rencor, Cutapí, el cuervo negro de la bruja oscura—. ¡Yo quise salvar a ese cachorro, lo intenté! Ellos solo me culparon y fui desterrado. ¡No les diré dónde está!

—Cutapí... Luva, la osa, dice que jamás sentirás el dolor que sintió al perder a su cachorro, ni sabrás cómo sus creencias fueron cambiando y cómo, poco a poco, iba perdiendo las esperanzas de volver a tener más cachorros, hasta que nació Lasú, su cachorro mayor y, ahora, Nivahú, su cachorra menor —dijo Toluk, suplicante.

Cutapí solo se quedó callado y pensativo. Zaphirah logró curar las heridas de los dos elfos, entre ellos a Yasuj, el príncipe de los elfos de Avillú. Ella se sentía sin energías, cansada, pero de su alma siempre sacaba fuerzas para seguir adelante.

—Quizá esto funcione —y sacó una de las hojas que el sagrado Lettú le dio, cuando pasaron por el bosque encantado de Arsavi.

—Pero ¿cómo puede ayudar eso, Zaphirah? —preguntó Ylud, princesa de Ciudad Tizara.

—Con fe —susurró la niña Zaphirah, en voz baja.

—Déjala —indicó, tranquilamente, Yuna, la bruja del elemento Tierra.

Estaban ahí, en el medio del bosque, la manada de osos,

Toluk, Ylud y Natenión; Yasuj tenía junto a él a Cutapí, con las manos atadas y los cien elfos estaban reagrupándose.

La niña pidió la ayuda de Nie, el mago del elemento Aire y de Yuna, la bruja del elemento Tierra. Zaphirah tenía la hoja en la palma de su mano derecha y, con la mano izquierda, tocó su amuleto de Sarudien; la hoja era café con un pequeño brillo y, de pronto, se empezó a levantar en el aire. Nie, el mago del elemento Aire, puso un poco de viento; Yuna, la bruja del elemento Tierra, hizo un pequeño remolino de tierra y todos vieron, en ese momento, que varias hojas de los árboles cobraban vida y fue como si, de alguna forma, hubiera una conexión entre todos los árboles del bosque. Se alcanzaba a escuchar el sonido de las ramas, se percibía paz y se sentía la presencia de la magia del sagrado Lettú. Es como si esa hoja les diera vida a los árboles del lugar y ese pequeño remolino de hojas llegó hasta los árboles que estaban cerca de la cueva de Renafe. Kashe salió de la cueva con la cachorra; ¡no entendía lo que pasaba! Sintió que los árboles tenían vida y, en un descuido, Nivahú se le escapó y corrió por el camino por donde las hojas brillaban. Furioso, Kashe, el lobo del oeste, fue detrás de la cachorra. Nivahú iba asustada y, sin darse cuenta, se desvió hacia el río Asabi.

Mientras, por el otro lado, Cutapí, el cuervo negro en forma humana, logró escaparse de los elfos y Luva se dio cuenta, por lo que fue tras él.

Los dos caminos se hicieron uno y la cachorra, al ir corriendo, fue derecho a caer al río. Cutapí se transformó en cuervo para poder escapar, pero alcanzó a ver cómo la cachorra iba directa al río, por lo que decidió brincar, atrapó a la cachorra y la aventó hacia su madre, mientras que Kashe, al querer atrapar a la cachorra, se fue encima de Cutapí y los dos cayeron al río. Cutapí cayó en una

piedra y a Kashe se lo llevó la corriente. Luva gruñó algo (dijo «gracias»), se dio la vuelta con Nivahú, su cachorra y, de pronto, apareció un cuervo blanco que le dijo «gracias» y desapareció con el viento. Luva iba feliz con su pequeña cachorra. Al llegar con todos, les explicó lo que pasó con Cutapí y lo agradecida que estaba con Cutapí por salvar a su cachorrita. Todo esto lo traducía Toluk y, en eso, llegó su cachorro más grande, Lasú, y ella abrazó a sus dos cachorros con mucho amor.

Hulor le dijo a la Alianza APPA cómo podían llegar más rápido a las montañas secretas de Zapeho y cómo podrían identificar una cueva enorme, como si fuera la boca de un dragón. Les dijo que, al entrar, la cueva se convertiría en un túnel que los llevaría al castillo del rey Etos, pero primero tenían que pasar por un puente de piedra. Parte de la Alianza APPA se adentró en aquel túnel de la montaña que les habían indicado los osos. Todo estaba oscuro, pero hicieron unas antorchas. Aunque algunos elfos estaban un poco heridos todavía, el príncipe Yasuj ya estaba totalmente recuperado, gracias a Zaphirah. Yuna, la bruja del elemento Tierra, estaba muy agradecida con Toluk e Ylud por ayudarlos a comunicarse con los osos. Natenión iba callado, pendiente, con su escudo plateado y su hacha dorada; y Nie, el mago del elemento Aire, iba pensativo, meditando en todo lo que había pasado con Cutapí, el cuervo negro de la bruja oscura que, al final, con su muerte, se convirtió de nuevo en cuervo blanco y se fue en paz.

—Toluk, ¿cómo lograron comunicarse con los osos? Estaban muy enojados, no hacían caso —cuestionó la niña con un escalofrío.

—Los osos son muy importantes en Lizandria, su forma de vivir es una enseñanza para todas las criaturas. Por

eso, los Cuatro Elementos los tomamos como ejemplo y decidimos poner dos esculturas de oso resguardando el Portal Mágico —respondió Yuna.

—Así es, pero solo con la ayuda de los yaramín podemos comunicarnos con ciertas criaturas, incluyendo a los osos —agregó Nie.

—Los osos son difíciles y, aun con esta habilidad, no es fácil entablar la comunicación. Pero nos conocen, saben que somos parte de la Alianza APPA y saben por qué peleamos —contestó Toluk.

—Pero ¿por qué atacaron a los elfos? —preguntó Zaphirah con curiosidad.

—Porque le habían quitado su cachorra a la osa, no sabían quién fue y se sintieron atacados, Zaphirah —le explicó Nie.

—Zaphirah, la forma de vivir de los osos es ejemplar: las mamás, al tener a sus cachorros, crecen internamente con ellos, los protegen y, además, les enseñan a valerse por sí mismos —intervino Yuna, la bruja del elemento Tierra—. Ya que el cachorro está listo, después de 24 meses-lizandria, lo dejan libre por el bosque. Para nosotros, los elementos, representan el valor, amor por sus cachorros, intuición y protección desde pequeños.

—En la Tierra solo veía programas de televisión sobre ellos, pero no lo había visto de la forma en que lo explicas, Yuna — reflexionó Zaphirah.

—¿Qué son esos «programas de televisión»? —indagó Ylud, la princesa de Ciudad Tizara, intrigada.

—¡Perdón, se me olvidó dónde estoy...! —se disculpó Zaphirah—. Es un aparato electrónico en blanco y negro, donde el ser humano ha logrado captar la forma de vivir de los animales y humanos, para que los podamos ver en todas las partes del mundo.

—No entiendo, Zaphirah —dijo Ylud, bastante confundida.

—Será difícil de explicar —contestó Zaphirah, y cambiando de tema, preguntó: —Yuna, ¿por qué hay tantas cosas parecidas entre la Tierra y Lizandria?

—Aún no podemos entender por qué la Tierra y Lizandria son similares en algunas cosas y totalmente diferente en otras —confesó la bruja—. Solo el Creador de los Cielos, con el tiempo, nos dará las respuestas, hija.

—Estos osos son similares a los que hay en la Tierra, Yuna.

—¿Sabes, mi niña? Las osas me recuerdan a tu madre, la princesa Amaranta, que hizo todo lo posible por protegerte, aun a pesar de la separación —comentó Yuna, melancólica. —Yo estuve ahí, con ella, cuando te entregó a Edugel, la humana. Cuando regresamos de la Tierra, hace cincuenta años-lizandria, el portal mágico no tenía las esculturas que hay actualmente.

—¿Por qué las pusieron, Yuna?

—Aún recuerdo cuando tu mamá se fue hacia Ciudad Alemo, a rescatar a sus padres y, cuando llegamos para ayudarla, ya era demasiado tarde. Nela ya la había dormido y la puso en una de las torres del castillo. Las sehu tienen ese mismo valor que las osas de bosque

Pibero —afirmó, solemne, Yuna. —Fue así que los ya-ramín de Ciudad Tizara hicieron las esculturas de las osas del Portal Mágico, en memoria de aquellas criaturas mamás que luchan hasta el final por sus hijos.

De pronto, a lo lejos en aquel túnel, vieron una pequeña luz, ¡ya estaban llegando al final del camino oscuro!

—¡Ahí está la salida! —gritó Zaphirah, con emoción—. ¡Estoy tan nerviosa! —agregó, frotándose las manos

—No, hija, ¡no lo estés! Pronto encontrarás a tu mamá.

—¡Alto! —gritó Yasuj, dando la orden a los cien elfos.

—¡Ahí está el puente de piedra! —señaló Nie.

—¡Esa es la gran puerta de madera, con la media luna blanca de mi sueño, Yuna! —exclamó Zaphirah.

—Así es, Zaphirah, quizá es la parte de atrás del castillo —contestó Yuna.

El puente que conectaba con el castillo del rey Etos era un hermoso puente de piedra antiguo y, por debajo, pasaba un pequeño río. La imponente puerta de madera tenía un grabado: era una media luna, blanca como la nieve y, al pie, tenía pequeños dibujos, como de niños bailando y jugando. De pronto, Natenión, rey de los enanos de las montañas de Telnión, se acercó con su escudo y una corriente eléctrica lo aventó con gran agresividad hacia el suelo. Los elfos, por instinto, empezaron a disparar flechas, pero había como una pared invisible y todas las flechas rebotaban hacia ellos mismos. Yuna, la bruja del elemento Tierra y Nie, el mago del elemento Aire, intentaron con su magia, pero no lograron nada.

—¡Alto! —ordenó Yasuj, el príncipe de los elfos de Avillú—. ¡Dejen de disparar las flechas, es en vano!

—Príncipe Yasuj, es tu turno —indicó Yuna—. ¡Debes disparar la flecha de Suleiba!

El príncipe Yasuj era valiente y, con fuerza y seguridad en sí mismo, bajó del caballo y se tomó su tiempo antes de disparar la flecha; alzó su arco, apuntó hacia el castillo y disparó la flecha de Suleiba. Esta, al salir disparada, brilló intensamente y, al llegar a su destino, de pronto se expandió una luz muy potente, que hizo temblar a todos.

—¡Que el Creador de los Cielos nos proteja! ¡Adelante! —ordenó Yasuj.

—¡Nie, cuida de los pequeños yaramín, yo cuidaré a la niña Zaphirah! —indicó Yuna.

—Está bien, Yuna. Tengan mucho cuidado, no sabemos qué les espera detrás de esa puerta —contestó Nie.

—¡Hay que proteger a los niños! —gritó Yuna.

En eso, la bruja Yuna se adelantó e hizo un movimiento con sus manos y, con un rayo de luz blanca, destruyó la puerta. Los elfos fueron los primeros en pasar, con sus enormes alces blancos. Toluk, príncipe de Ciudad Tizara e Ylud, princesa de Ciudad Tizara, estaban terriblemente asustados, pues nunca habían peleado; pero Nie, el mago del elemento Aire, los estaba protegiendo. Mientras, Zaphirah y Yuna estaban juntas. Natenión, el rey de los enanos de Telnión, se preparaba para pelear y, a lo lejos, venían los mismos sehu que vivían en Ciudad Alemo, pero parecían hipnotizados: ¡estaban bajo un hechizo! Tenían en sus manos palos y espadas y se lanzaron a atacar a los elfos.

—¡Peleen con fuerza y con valor! ¡Nuestra misión es rescatar a la princesa Amaranta, pero sin dañar a los sehu! —gritó Yuna, la bruja del elemento Tierra—. ¡Ellos están bajo un hechizo, no saben lo que hacen!

—¡Entendido, Yuna! —contestó el príncipe de los elfos de Avillú.

De pronto, volando por los cielos, llegó Gofú, el dragón verde de la caverna de Zadra, y lanzó una llamarada de fuego hacia los elfos y Natenión, con su gran escudo, alcanzó a desviar la gran bola de fuego.

—¡Yuna! —exclamó Nie, el mago del elemento Aire—. ¡No podremos lograrlo sin Gasba y Yala, necesitamos llamarlos!

Y justo en ese momento, Yuna recibió de lleno un rayo de color rojo proveniente de Nela, la bruja oscura, que apareció de la nada; y la capa blanca que llevaba puesta Yuna salió volando por los aires. La niña Zaphirah recordó su sueño y estaba petrificada, ¡no sabía qué hacer en ese momento! El cielo estaba oscuro, algunos elfos y los mismos sehu gritaban por el dolor que les ocasionaban las heridas. La niña vio las torres y corrió hacia la más alta, llegó a las puertas del castillo, se hizo invisible y se metió por una puerta. Nela, la bruja oscura, seguía atacando a Yuna, pero al percatarse de la desaparición de Zaphirah, se detuvo y fue en busca de la niña. Los niños yaramín corrieron, muy angustiados, hacia Yuna, que estaba en el suelo.

—¿Estás bien, Yuna? —preguntó Ylud.

—Sí, niños. ¿Y Zaphirah? ¿Dónde está Zaphirah? —preguntó Yuna, volteando a todos lados.

—¡Seguramente se fue en busca de la princesa Amaranta! —contestó Nie, el mago del elemento Aire—. ¡No podrá hacerlo sola! Yuna, ¡necesitamos a Gasba y a Yala!

Yuna se levantó rápidamente del suelo y tomó un puñado de tierra, se lo puso en la muñeca de su mano izquierda, donde tenía el símbolo de la tierra grabado y dijo: *Tuna netie rrarolene.*

Nie dejó salir un soplo de aire hacia su muñeca izquierda donde tenía el símbolo del aire grabado y dijo: *Tuna netie rerolene.*

Mientras, en Mosamindria, Gasba, el mago del elemento Fuego, sintió el pedido de auxilio de los otros elementos, le brilló el símbolo que tenía en su mano izquierda y avisó a los codikas. Les dijo que lo necesitaban en Ciudad Alemo de inmediato.

—¡Vete, Gasba! Nosotros estaremos bien —aseveró Mudato, el Victorioso.

—¡No te preocupes por nosotros! —clamó Nona, la Expresiva. —Yuna y Nie te necesitan ahora.

Gasba, el mago del elemento Fuego, se convirtió en un gran dragón dorado y se fue hacia el noroeste, cruzando el mar, mientras que en Ciudad Tizara, Yala, la bruja del elemento Agua, también sintió el llamado de auxilio, brillándole el símbolo que tenía en la mano izquierda.

—¡Tengo que irme, me necesitan en Ciudad Alemo! —exclamó Yala.

—¡Cuida de los niños, los príncipes de Ciudad Tizara, Yala! —exclamó Zamo, el rey de los yaramín de Ciudad Tizara—.

Toma a Nalú, la yegua de Zaphirah, ella te puede llevar.

—Sí, rey Zamo. ¡Gracias! —contestó Yala, la bruja del elemento Agua.

—Dile a Nalú hacia dónde quieres ir; le saldrán las alas y te llevará —informó el rey Zamo.

Así lo hizo Yala, y la yegua emprendió el vuelo, veloz.

Mientras tanto, en Ciudad Alemo, el príncipe Yasuj y sus elfos peleaban con gran valentía, sin herir de gravedad a los sehu. Y, de pronto, salió un gigante de un ojo que quiso golpear a Natenión. Este detuvo el golpe con su escudo, mientras Gofú, el gran dragón verde, lanzaba bolas de fuego a diestra y siniestra.

—¡Tengo que buscar a Zaphirah, aún no sabe pelear y si Nela la encuentra primero le hará lo mismo que a la princesa Amaranta! —expresó desesperada Yuna, la bruja del elemento Tierra.

—¡Sí, corre! Toluk e Ylud estarán bien —contestó Nie.

Mientras Yuna corría al castillo, llegó Yala, la bruja del elemento Agua, desde los cielos, junto con el pegaso. Aterrizaron apresuradamente y se bajó de Nalú, para correr hacia Nie, mago del elemento Aire.

—¿A dónde va Yuna? —preguntó Yala, en medio del sonido de la batalla.

—¡A salvar a Zaphirah! —contestó, también a gritos, Nie. En eso, el dragón verde les lanzó directamente una bola de fuego a lo que Yala respondió lanzando una gran cantidad de agua, impulsada con viento que emitía Nie.

—¿Por qué tarda tanto Gasba? —inquirió Nie.

—¿Qué? ¿No estaba con Yuna? —exclamó, muy sorprendida, Yala.

—¡Se fue con los codikas a Mosamindria! —explicó Toluk, el niño yaramín.

—¿Y tú? ¿No se supone que estabas con las hadas del sur? — inquirió Yala.

—Es muy largo de contar —respondió Nie, mientras esquivaban los ataques—. Supongo, entonces, que Halú y Sivolú aún no han llegado a Ciudad Tizara.

—Cuando yo me vine, aún no llegaban —intervino Yala.

En ese momento, Gofú, que iba hacia ellos para atacarlos, fue alcanzado por el dragón dorado en el que estaba convertido Gasba, el mago del elemento Fuego. Y, de pronto, en los cielos de Ciudad Alemo, se encontraban los dos dragones más grandes y poderosos del mundo de Lizandria, peleando fieramente. En tierra, Natenión, el rey de los enanos de las montañas de Telnión, logró derribar al gigante de un ojo y los elfos seguían peleando sin herir a ningún sehu. Mientras, en la torre más alta, que se encontraba en el lado este del castillo, Zaphirah sintió un miedo muy profundo, pero siguió adelante, hasta encontrar las escaleras de caracol. Subió lo más rápido posible, ya que percibía claramente que la bruja oscura venía detrás de ella, pero la niña no quería voltear para abajo y siguió subiendo, hasta que llegó a una puerta que abrió de golpe.

¡Y ahí estaba! Su madre, la princesa Amaranta, estaba acostada en una cama. ¡Se veía tan joven! Había una

ventana enorme atrás de ella. La niña se acercó lentamente, con miedo y con muchos sentimientos encontrados. Estaba ahí, dormida, tan joven, tan delicada y frágil y, al ver el amuleto en su pecho, cayó ante ella llorando con todas sus fuerzas. Ya no estaba de forma invisible, así que tomó la mano de su mamá, sin poder contener las lágrimas. ¡Tenía tantas emociones! Todas las criaturas con las que había convivido en Lizandria le habían contado tantas cosas, y estar ahí con ella le ocasionaba un gran impacto. Una de esas lágrimas cayó exactamente en el amuleto de Amaranta y, de pronto, la princesa abrió los ojos. Amaranta volteó y vio a una niña a su lado, llorando amargamente. ¡No comprendía nada de lo que pasaba! Zaphirah sintió el movimiento y levantó su carita llena de lágrimas y ¡vio a su madre despierta, viva! La abrazó fuertemente, llorando, pero ahora de alegría. ¡No podía creer que era la misma princesa de la que le contaba la abuela Edugel!

—¡Mamá! ¡Te quiero mucho, mamá! ¡Te amo! —exclamó Zaphirah, con todas sus fuerzas.

Amaranta no comprendía nada, estaba en shock. Observó atentamente a esa niña hermosa y, de repente, vio el amuleto que traía Zaphirah, con la quinta piedra.

—¿Tú eres mi pequeña? —preguntó Amaranta, tapándose la boca, con asombro total.

—¡Sí, mamá! ¡Soy yo, Zaphirah! —contestó la niña, abrazándola aún más fuerte.

—Pero… ¿qué pasó? ¡Te dejé en la Tierra! —indagó Amaranta, sumamente confundida—. ¿De verdad eres tú, mi pequeña Zaphirah? —volvió a preguntar la princesa Amaranta.

—¡Sí! ¡Yo soy Zaphirah Diterfisús, hija de la princesa Amaranta Diterfisús, de Ciudad Alemo! —explicó la niña, con lágrimas en sus ojos.

Y, de pronto, la princesa Amaranta se incorporó y abrazó a su hija fuertemente. Las dos lloraron de felicidad.

—¡Nela, la bruja oscura, hizo un conjuro para dejarte dormida para siempre! —reveló Zaphirah—. Ella no sabía de mi existencia, así que Halú, la reina de las hadas del sur, fue enviada por la Alianza APPA a la Tierra y me trajo de regreso a Lizandria, ya que soy la única que podía despertarte —agregó Zaphirah.

—¿Cuántos años tienes, hija mía?

—Cincuenta años-lizandria.

—¡Tantos años han pasado! —exclamó Amaranta, llorando nuevamente.

—Sí, madre. ¡Toda la Alianza ha hecho hasta lo imposible para poder llegar aquí!

—¿Por qué? —preguntó Amaranta, limpiándose las lágrimas.

—En los años que estuve en la Tierra, la bruja oscura se adueñó de Ciudad Alemo e hizo cosas muy malas, entre ellas, atacar pequeñas ciudades —respondió, tristemente, Zaphirah—. La única forma de regresar la paz, el amor y la esperanza a Lizandria era despertándote para que, juntos, peleáramos por nuestros ideales.

—¡Hija, mi pequeña niña! —exclamó Amaranta, llorando de alegría y la volvió abrazar contra su pecho. Así

permanecieron un rato—. ¡Perdóname, Zaphirah, por dejarte sola en otro mundo! ¡Eras tan pequeña, tan frágil y sin tu mamá...!

—Así pasaron las cosas, no se podía evitar —contestó Zaphirah, con una sabiduría inusual para su corta edad.

—¡Perdóname por no haber estado todos esos años contigo, hija!— suplicó Amaranta, tristemente.

—Mamá, ¡mi vida ha cambiado drásticamente, pero me he hecho fuerte! En la Tierra hubo gente hermosa que me cuidó mucho: la abuela Edugel y mis padres. Gente mala hay en todas partes, pero, en realidad, todo lo que he aprendido aquí en Lizandria, es que todo depende de nosotros, mamá, no hay que culpar a nadie —explicó la niña, llorando.

—Me siento muy orgullosa de ti, hija —declaró Amaranta—.

¡Yo solo quería salvarte y la Tierra era mi única opción! —agregó la princesa, recordando esos momentos tan difíciles.

—No te preocupes, yo estoy muy bien y todo el tiempo estoy aprendiendo. Pero ahora tenemos que irnos, allá afuera están Yuna y Nie peleando contra Nela, ¡debemos darnos prisa! —exclamó Zaphirah, tomando a su madre de la mano para que salieran cuanto antes de ahí.

La princesa Amaranta apenas podía caminar y se apoyó en Zaphirah, pero de repente, entró Nela, la bruja oscura.

—¿Creyeron que podrían escapar así de fácil? —preguntó, con voz aterradora.

—¡Déjanos ir! ¡Ya has hecho demasiado daño! —exclamó la princesa Amaranta.

—¡No! —contestó Nela, acercándose amenazadora—. ¿Tú crees que se me ha olvidado todo lo que me hiciste?

—¡Estás equivocada, Nela! ¡La única que debería decir eso soy yo! —respondió Amaranta—. Sin embargo, te perdono por todo lo que has hecho, no te guardo ningún rencor —agregó la princesa.

La bruja hizo un movimiento con su mano y separó a Zaphirah de la princesa Amaranta, que cayó al piso.

—¡Ahora ven aquí, niña tonta! —ordenó la bruja oscura.

—¡Déjala en paz, Nela! —rogó Amaranta, con debilidad. Nela jaló bruscamente a Zaphirah hacia la cama y la amarró del pie y se fue a buscar algo en los cajones, de donde sacó unas tijeras.

—¡Niña tonta, quiero tu cabello! ¡Me servirá para dormirlas a las dos por siempre y nadie podrá salvarlas esta vez! —agregó Nela, con toda la maldad que poseía en su alma.

Zaphirah estaba lejos de su mamá, que no podía ayudarla. Vio, horrorizada, a la bruja oscura acercarse con la intención de cortar su cabello rizado y Zaphirah, instintivamente, puso un campo magnético para que esta no pudiera acercarse.

—¡No podrás detenerme! Recuerda, ¡yo fui una sehu y sé que pierdes energía al hacer campos magnéticos y así no podrás hacer nada! —informó la bruja oscura.

Zaphirah se dio por vencida, quitó su campo y la bruja se acercó a cortarle sus largos rizos.

—¡Nooo! —aulló Amaranta, la princesa de Ciudad Alemo—. ¿Por qué eres tan cruel, tan mala, tan amargada?

Y, en ese momento, Amaranta sacó fuerzas de la desesperación y se levantó, caminando hacia la niña y Nela, la bruja oscura, le lanzó un rayo hacia el pecho. La princesa Amaranta cayó y ya no pudo levantarse.

—¡Noooooo! —gritó, desesperada, Zaphirah.

Zaphirah, usando toda su fuerza, logró quitarse la cuerda del pie. Levantó la mano izquierda, donde tenía la imagen de la brújula y, de pronto, lanzó un rayo continuo de luz blanca hacia Nela. La luz era tan intensa y potente que Nela no pudo hacer nada. Zaphirah lo mantuvo por más de un minuto, la luz no paraba de salir y, de pronto, sucedió algo inexplicable. Zaphirah observó la transformación de la bruja oscura en el alma de Nela, la que era antes: una sehu normal; y vio cómo su esencia salió volando por la ventana, libre y, por fin, en paz.

Zaphirah dejó de lanzar el rayo de luz y corrió al lado de su madre, que estaba muy malherida. De pronto, el conjuro sobre Ciudad Alemo se deshizo y todos volvieron a la normalidad. El castillo se llenó de hermosos árboles, plantas y flores de todos los colores. El lago Turipi recobró su agua y todas las estatuas de piedra volvieron a la normalidad. ¡Hasta los padres de la princesa Amaranta seguían vivos, libres y reyes de los sehu de Ciudad Alemo! El dragón verde y Tolipo, el gigante de un ojo, huyeron de ahí. Yuna, la bruja del elemento Tierra, logró llegar a la torre donde yacía la princesa Amaranta y la vio en los brazos de Zaphirah.

—Zaphirah, me siento muy orgullosa de ti, estoy feliz de haberte dejado con Edugel. ¡Te enseñó muchos valores! Lo percibo, hija —dijo, débilmente, Amaranta.

—¡No madre, apenas te recuperé! ¡No puedes dejarme sola! —imploró Zaphirah, llorando desesperadamente—. ¿Por qué? ¿Por qué tenía que pasarnos esto?

—Hija, nunca entenderemos tantas cosas... Solo el tiempo te dará las respuestas. Eres hija de una sehu y de un humano y acabo de ver lo que hiciste con Nela: ¡le diste paz y libertad! —respondió la princesa Amaranta, cada vez más débilmente—. Esa habilidad es nueva, ningún sehu la tiene... Pero no llores hija, ¡vive! —agregó, ya casi inaudible, Amaranta.

—¡Nooooo! ¡Por favor, no te vayas, madre! ¡Sé que soy fuerte, pero te necesito conmigo! —rogó la niña, con lágrimas en los ojos.

Con sus últimas fuerzas, Amaranta se quitó su amuleto y dijo:

—¡Acércate, Yuna! ¡Ella tiene que saber, ya está lista! Dame la caja de cristal.

—¡Yo solo quiero que te quedes! ¡Yo solo quería despertarte, salvarte y ayudar a Lizandria!¿Por qué tenía que pasar esto? ¡Esto no tenía que ser así! —exclamó Zaphirah, escondiendo su carita en el pecho de su mamá.

Yuna le dio a Amaranta una caja de cristal con cinco lugares y la princesa metió su amuleto en la parte central de la caja de cristal. La cerró y se la dio a Zaphirah.

—Hija, te doy esta caja de cristal con mi amuleto. Lo

demás, lo sabrás más adelante, a su debido tiempo —susurró la princesa Amaranta.

Antes de que Zaphirah recibiera la caja de cristal, Yuna, la bruja del elemento Tierra, la tomó entres sus manos e hizo algo que hizo que saliera luz blanca de sus manos y de la caja. Entonces se la dio a la niña.

—Zaphirah, aquí están todas las memorias de tu madre; su niñez, su adolescencia, su juventud, tu nacimiento... Todos los momentos bellos, tristes y alegres de su vida —dijo solemnemente Yuna, la bruja del elemento Tierra—. Pero en una parte del amuleto quedarán guardados aquellos momentos de sufrimiento y, cuando tu alma esté lista, saldrán por sí solos y los tomarás con madurez. No es tiempo aún.

—¡Yo solo quiero que mi madre se quede conmigo! ¡Hicimos todo para poder despertarte! —vociferó Zaphirah, llorando—. ¿Por qué tiene que pasar esto?

En eso, llegaron los padres de la princesa Amaranta junto con Gasba, el mago del elemento Fuego; Nie, el mago del elemento Aire; Yala, la bruja del elemento Agua; Natenión, rey de los enanos de las montañas de Telnión; Yasuj, príncipe de los elfos de Avillú; Toluk, príncipe de Ciudad Tizara, e Ylud, princesa de Ciudad Tizara. Los padres de la princesa, al verla en los brazos de Zaphirah, corrieron junto a ella.

—¡Hija! —gritó el rey Etos, de Ciudad Alemo.

—¡Aquí estoy contigo! —expresó, llorando, Cetina, la madre de la princesa Amaranta.

—Padres, ¡me voy feliz de verlos bien! Ella es Zaphirah, mi hija. —dijo Amaranta, con gran debilidad, señalando

a la niña—. ¡Acércate, Yuna! —pidió.

—Sí, princesa —contestó tristemente Yuna, acercándose.

—Yuna, cuida de mi hija —pidió Amaranta, poniendo juntas las manos de las tres.

—¡No te vayas, por favor! —suplicó Zaphirah, llorando con mucho dolor.

—Zaphirah, ¡siempre estaré contigo! Tienes mi amuleto, hija. Nunca dejes de ser tú misma; siempre sigue tu intuición, no defraudes tus valores y confía en ti misma —aconsejó Amaranta—. En ocasiones, no entendemos por qué pasan las cosas, pero el tiempo, la vida y el Creador de los Cielos te darán las respuestas.

—Sí, madre —asintió Zaphirah, con tristeza y resignación.

—Y, Zaphirah, ¡vive! No dejes de hacerlo. La vida sigue, hija, siempre haz lo que tú quieras hacer; eres fuerte, valiente y buena. Nunca dudes de ti misma —encomendó Amaranta—. Nunca dejes que nadie te haga dudar de tus principios, de tus bases. Nadie es perfecto; cada criatura es única y tú eres tú. Sigue fiel a tus ideales, pelea, lucha por ellos y si, en el futuro, te encuentras con Caleg, si aún existe el Caleg que yo conocí, dale las gracias por lo que aprendí de él.

—Sí, madre —prometió la niña, llorando, ahí hincada, con su madre en los brazos.

—Me voy feliz de saber que existes, hija. Que el Creador de los Cielos te proteja hoy y siempre, tal y como lo hizo conmigo —se despidió Amaranta y cerró sus ojos para siempre.

—¡Nooooo! ¡No te vayas, madre! —Zaphirah lloraba desconsolada—. ¡No te vayas! —repitió, tomando el cuerpo de su madre y apretándolo con toda su fuerza, como si eso la hiciera regresar.

Todos quedaron callados, tenían lágrimas en sus rostros: este era realmente un momento de tristeza no solo para la niña, sino para Lizandria también. Había muerto una criatura esencial para ese mundo mágico, una criatura que siempre luchó por la existencia de su mundo, alguien que siempre había luchado por el amor, la paz y la esperanza. Alguien que siempre buscó sacar la luz para todos.

...

Mientras tanto, en Mosamindria, los piratas estaban a punto de atacar la isla Nemidú. Pero se retiraron de forma repentina y se alejaron de la isla.

En Ciudad Alemo, Yuna, la bruja del elemento Tierra, envió a todas las golondrinas a trasmitir el triste mensaje de la muerte de Amaranta, la princesa de Ciudad Alemo, y convocar a todas las criaturas a darle el último adiós. Todas las aves, miles, se dispersaron por el cielo con rumbo a todas las ciudades de Lizandria. Entre el castillo del rey Etos y el castillo de Baltar, se encontraba el lago Turipi. En la parte de enfrente estaba la pequeña montaña de Napilú, cerca del cementerio ancestral de Mocidú y ahí, en lo alto de la colina Tarancaf, estaba un árbol grande y frondoso, a cuyo pie yacía la tumba de la princesa Amaranta. Toda la Alianza APPA, sus padres, los codikas, otras criaturas de Lizandria y la niña Zaphirah estaban ahí.

—¡Estamos aquí, presentes, todos lo que queremos paz, amor y esperanza para el mundo de Lizandria! ¡Estamos

los que nos preocupamos por la parte esencial, que es la espiritual, de las nuevas generaciones! ¡Sigamos luchando por ello! —dijo Teana, la Preventiva—. ¡Estamos aquí, todos reunidos, dándole el último adiós a una de nuestras más grandes guerreras! ¡Una que luchó hasta el final por nuestro futuro! Lizandria es un lugar maravilloso, nuestra naturaleza tiene vida, nuestras montañas, nuestro respeto y nuestros niños nos tienen a nosotros. La princesa Amaranta es un ejemplo a seguir para nunca dejar de pelear por nuestros ideales y ser perseverantes. Siempre habrá obstáculos, pero todo dependerá de nosotros y de nuestra misión. Siempre será amor, paz y esperanza para Lizandria; la princesa Amaranta siempre estará con nosotros. Hoy es un día muy triste, pero a la vez, es un día que nos llena de esperanza y nos deja un sinfín de aprendizajes.

...

Tres meses después, estaba Zaphirah en la habitación que había sido de su madre, en el castillo de Ciudad Alemo. Fue hacia el buró y tomó el morral que siempre cargaba, sacó la caja de cristal, la abrió y, con su mano temblorosa, sacó el amuleto de su madre y lo agarró entre sus manos. Vio, como en película, a su madre cuando era una niña y lo cerró de inmediato, sobresaltada. ¡Aún no estaba lista para ver las memorias de su madre!

—Zaphirah, ¿qué haces? —preguntó la abuela Cetina, reina de los sehu de Ciudad Alemo, entrando al cuarto.

—¡Nada, abuela! —contestó la niña, volteando rápidamente y escondiendo la caja detrás de ella.

—Allá abajo está Yuna, la bruja del elemento Tierra, esperándote con los demás elementos —le informó la abuela Cetina, sonriéndole dulcemente.

—Está bien, abuela, ¡bajo en un momento! —respondió Zaphirah. La niña volvió a guardar la caja de cristal en su pequeño morral, se puso su vestido blanco, sus botas negras, tomó su arco y bajó las escaleras con un poco de miedo. Solo habían pasado tres meses-lizandria desde la muerte de su madre, la princesa Amaranta, y aún se sentía triste. Algunos lugares del castillo le recordaban aquel día en que intentó salvarla. Bajó y ahí estaban los Cuatro Elementos.

—¿Estás lista? —inquirió Yuna, la bruja del elemento Tierra, con emoción.

—¡Sí! —respondió la niña.

—¿Eso es todo lo que llevarás, Zaphirah? —indagó la abuela Cetina. —¿Un arco y un morral pequeño?

—Sí, abuela —asintió Zaphirah.

—El rey Zamo te envió a Nalú, tu yegua, la que ellos te regalaron, Zaphirah. Puedes llevar una maleta pequeña si así lo quieres —le informó Yala, la bruja del elemento Agua.

Zaphirah asintió con la cabeza y subió corriendo a su cuarto y, rápidamente, tomó una pequeña maleta; le puso un poco de ropa y bajó corriendo nuevamente para reunirse con los Elementos.

—¡Te vamos a extrañar mucho, querida niña! —intervino el rey Etos, abrazando emocionado a la pequeña.

—¡Sí! Apenas estamos conociéndonos y estamos ya tan encariñados contigo, hija. ¡Y ahora tienes que irte! —musitó Cetina, mientras se le escapaba una lágrima.

—No se preocupen, abuelos. ¡Estaré con ellos, no pasará nada! —contestó la niña, emocionada, abrazándolos a los dos.

—Rey Etos, reina Cetina, nos llevaremos a Zaphirah por un tiempo, ya que tenemos una misión. La princesa Amaranta ya no está con nosotros, así que debemos mostrarle a la niña toda Lizandria: las criaturas, las culturas y lo que nosotros hacemos como pilares de nuestro mundo. Lo que el sagrado Lettú hace, el pensamiento de los codikas, lo que hace el mago de la Sabiduría... En fin, todo lo que sabía Amaranta —declaró Yuna.

—Lo entiendo, Elementos —dijo Etos, rey de Ciudad Alemo, rey de los sehu, solemnemente.

—Yo también, pero ¡la extrañaremos tanto! —confesó Cetina, la reina de Ciudad Alemo, sin poder contener las lágrimas.

—Gracias, sus majestades. Pero antes de irnos, tengo una sorpresa para Zaphirah —informó, misteriosamente, Yuna la bruja del elemento Tierra.

—¿Qué es, Yuna? —preguntó la niña, con emoción.

—¡Logré recuperar tu cabello y puedo regresártelo! —exclamó Yuna, sumamente emocionada—. ¡Acércate, mi niña!

La niña se acercó, muy emocionada, y Yuna sacó los rizos de Zaphirah de una caja de cristal y, con magia, los unió al que apenas crecía.

—¡Muchas gracias! —exclamó la niña, sumamente emocionada.

—¡Cuídenla mucho! —suplicó Cetina, con lágrimas en los ojos.

—Estará bien con nosotros, majestades —prometió solemnemente Yala, la bruja del elemento Agua.

Todos se subieron a sus caballos. El caballo de Zaphirah era totalmente blanco y los cuatro caballos de los Elementos eran pintos, de color blanco con negro. Todos salieron por la entrada principal del castillo del rey Etos, hacia el sur. Los habitantes de Ciudad Alemo lanzaron pétalos blancos; los niños corrían detrás de ellos, brincando y jugando, felices. Zaphirah, la princesa de Ciudad Alemo, se sentía extraña. Tenía tantas emociones, entre ellas, el recuerdo de sus padres en la Tierra; a Coque, su pequeño perrito; a sus amigos de la escuela, aquellos viajes en el camión por los bosques y, recientemente, todo lo que había vivido en Lizandria. Recordó la noche en que apareció Halú, la reina de las hadas del sur, en el árbol que estaba en el jardín de su abuelita Edugel, pidiendo ayuda y cómo viajó por el portal mágico y llegó al impresionante mundo de Lizandria, a la hermosa Ciudad Tizara y no pudo evitar llorar de emoción y tristeza al recordar que su madre, la princesa Amaranta, ya no estaría con ella.

—Zaphirah... —la despertó de sus recuerdos Yuna, la bruja del elemento Tierra—. Debes sentirte orgullosa de tu madre, la princesa Amaranta, ella era una soñadora.

—Sí, lo sé, Yuna —contestó Zaphirah—. ¡La abuela Cetina me habló tanto de ella en estos meses!

—¡Ya no existiríamos si no hubiera sido por ella! —exclamó Yuna, la bruja del elemento Tierra, con agradecimiento.

—También lo sé, Yuna. No le fallaré, Yuna. ¡Ni a Lizandria! —expresó Zaphirah, emocionada.

—Tienes que prepararte para Mosamindria.

Al salir del castillo, tanto Zaphirah como los Cuatro Elementos empezaron a cabalgar a todo galope a través de los bosques, rumbo a la gran misión de aprendizaje que tenían, para seguir preservando los valores para Lizandria y para seguir peleando por los ideales de la princesa Amaranta: ¡amor, paz y esperanza en Lizandria!

...

Querida lectora y querido lector:

Sé que fue un final triste. Yo lloraba mucho cuando mi mamá me contaba la historia. Incluso, cuando decidí ser escritora y escribirla, esta parte me partió el alma una vez más. ¡No podía creer que la princesa Amaranta moriría! Normalmente, toda historia tiene un final feliz, pero esta historia tomó su propio camino. Debo confesar que lloré, lloré y lloré, pero decidí escribirlo tal cual mi mamá me lo contó. Yo crecí en un pueblito en Europa, donde viví de cerca la naturaleza y, cuando mi mamá me contaba por las noches esta historia, la historia de la niña Zaphirah, que creció en un pueblito de México y descubrió un portal mágico que cambiaría su vida para siempre, mi mente volaba. Gracias a todos los lectores que leyeron mi primer libro, no imaginé que lo lograría. Se publicó hace dos años y fue muy bien recibido. Zaphirah entrará a Mosamindria, un lugar hermoso, que es como una escuela, donde le enseñarán la esencia de la sabiduría; donde conocerá a otras criaturas mágicas jamás imaginadas en la Tierra; donde vivirá otra etapa de su vida y... ¡ese será el tercer libro!

Zayeminc Baudé

Narradora de la historia de El Mundo de Zaphirah

BIOGRAFÍA

Alba Letycia es ingeniera industrial, autora y coach en cambio de hábitos certificada. A lo largo de su vida fue venciendo obstáculos para alcanzar sus sueños. Fundadora de la plataforma Mujeres Emprendedoras y con Espíritu (MEYCE). Dueña y mánager de las plataformas Mujeres Superando Límites, Inspírate, Alba Letycia; El placer de la literatura, Hábitos Saludables, entre otras comunidades virtuales para motivar e inspirar a otros. Consolidándose como escritora, es la creadora de *El mundo de Zaphirah*, haciendo realidad su sueño de publicar tres libros y un cuento infantil bilingüe. *El mundo de Zaphirah* será contado en seis libros llenos de magia y fantasía. Alba Letycia ha logrado ya cinco Best Seller en el primer día de su lanzamiento en Amazon. En el año 2019, el primer libro de la saga de *El mundo de Zaphirah* fue parte de Texas Book Festival, prestigiosa feria a nivel nacional, dedicada a conectar autores y lectores, fomentando así la lectura.

Ella obtiene una crítica de su primer libro por la revista americana *Kirkus Reviews*, como «una historia prometedora y prepara el escenario para futuros volúmenes». Alba Letycia ha liderado seminarios virtuales con más de 30 conferencias online en un mes, con el apoyo del equipo MEYCE por medio de la plataforma Mujeres Emprendedoras y con Espíritu

desde el año 2017, plataforma a la que le dedica tiempo voluntario para impulsar, apoyar y hacer sinergia con otras mujeres líderes, mujeres emprendedoras por todo el mundo para crecer juntas y unidas. Desde el año 2021 trabaja en sociedad con Deyanira Martínez, liderando juntas el proyecto *Mujeres que se Atreven y Superan Límites*, logrando así publicar ya el volumen I de *Mujeres que se Atreven y Superan Límites. Historias de inspiración en tiempos difíciles.*

Alba Letycia nació en Longview, Texas, pero la mayor parte de su vida ha radicado en México, donde se inspiró para el inicio de la historia de *El mundo de Zaphirah*. Actualmente vive en Austin, Texas, con su esposo y sus dos hijos.

Alba Letycia

Autora *Best Seller*

CEO Alba Letycia Enterprise

Dueña y Fundadora de @albaletycia

http://www.albaletycia.com

@inspirate @mujeressuperandolimites

@mujeresemprendedorasyconespiritu

DATOS DE CONTACTO:

Alba Letycia
info@albaletycia.com
albaletycia.com

No te pierdas las demás entregas

Made in the USA
Coppell, TX
19 May 2023

17048814R00090